J'ai aimé une fille

J'AI AIMÉ UNE FILLE

UNE CORRESPONDANCE CONFIDENTIELLE

Walter Trobisch

Quiet Waters Publications
2021

Quiet Waters Publications
http://www.quietwaterspub.com

ISBN 978-1-931475-73-0

AVANT-PROPOS

Au fond, ce livre est dû à un « hasard ». Pendant les années où j'ai enseigné dans une école supérieure du Cameroun, mes élèves africains m'ont sans cesse posé les mêmes questions. Ma femme a pensé qu'il serait utile d'avoir un texte qui puisse servir de point de départ à des entretiens.

Or ma correspondance avec François contenait la plupart des questions qui revenaient constamment, et j'avais essayé déjà alors d'y répondre tant bien que mal en français. C'est pourquoi cette correspondance m'a servi de base et a fourni la substance de la première partie de ce petit livre.

Mon intention première était de transmettre ces documents sous forme polycopiée à ceux avec lesquels je pourrais m'en entretenir après lecture. Le simple « hasard » voulut qu'un ami me fît cadeau du papier dont j'avais besoin, si bien que l'impression ne me coûta pas plus cher que la polycopie. L'édition originale française a donc été une édition « privée ». Je ne pensais nullement alors l'offrir à une maison d'édition.

Tout cela explique que, surtout au début, j'utilise sans trop y penser des formules empruntées au catéchisme. Que l'on veuille bien ne pas m'en tenir rigueur en m'attribuant l'intention de rédiger une sorte de « règlement » ; surtout, qu'on ne voie pas dans cet écrit une sorte de manuel de consultations prénuptiales…

En écrivant, ni mes correspondants, ni moi-même n'avions jamais songé à une publication, en sorte que tout ce que nous disons ne saurait prétendre être valable pour tous. Ce n'est qu'avec beaucoup d'hésitation qu'à l'époque nous avons franchi ce pas, ne pouvant supposer qu'une correspondance aussi intime serait traduite en tant de langues. François et Cécile ont estimé que ce qui les a aidés pourrait peut-être en aider d'autres.

C'est le vœu que je forme en rééditant ce texte qui raconte une histoire réelle, faite d'ombres et de lumières, au cours de laquelle nous avons tous commis des fautes et dont le centre de gravité se trouve dans la seconde partie, qui, dans l'édition originale, a paru dans un volume séparé sous le titre « J'aime un jeune homme ».

La similitude des problèmes surprendra le lecteur Européen. En fait, à cause de l'industrialisation accélérée de l'Afrique, les problèmes deviennent toujours plus semblables. C'est pourquoi les réponses concernant primitivement les Européens s'appliquent également en Afrique.

Le secret de ce petit livre — et peut-être aussi le secret de l'accueil chaleureux qu'il a reçu — se trouve indiqué aux pages suivantes : il s'agit de l'offre d'une conscience libérée. Cette voie est ouverte à chacun, si désespérée que soit sa situation, qu'il vive en Afrique, en Europe ou en quelque lieu que ce soit ici-bas.

Walter Trobisch

CORRESPONDANCE

M..., le 8 janvier

François à Walter T.

Cette lettre vient à ma place. J'ai trop honte pour venir vous voir. Il me manque aussi l'argent pour le voyage, parce que je ne suis plus maître d'école. On m'a mis à la porte.

J'ai aimé' une fille, c'est-à-dire que j'ai commis ce que vous les Blancs et l'Eglise appelez « l'adultère ». Mais la fille n'était ni mariée, ni dotée, alors elle n'appartenait à personne et je ne comprends pas à qui j'ai fait tort. Moi, je ne suis pas marié non plus, et je n'ai pas l'intention d'épouser cette fille, dont je ne connais même pas le nom. Alors à mon avis le commandement « Tu ne commettras point d'adultère » ne s'applique pas dans mon cas. C'est pour cela que je ne comprends pas non plus pourquoi l'Eglise me prive de la Communion en me mettant six mois « sous discipline ».

Un de mes élèves m'a dénoncé chez le pasteur. Je suis désolé.

Monsieur, vous m'avez baptisé et enseigné à l'école. Vous m'avez conseillé maintes fois et vous savez comment je suis devenu chrétien. Vous me connaissez mieux même que mon propre père. Je regrette infiniment de vous attrister ainsi, mais je vous le dis franchement : je ne me sens pas trop coupable. J'ai seulement honte à cause de la palabre, mais je suis encore chrétien.

À vous j'ose dire ce que je pense, même si vous vous fâchez. Les désirs de mon corps, les organes sexuels, ne sont-ils pas donnés pour être employés ? Ce qui existe ne doit-il pas fonctionner ? Pourquoi est-ce un péché d'user de ce que Dieu a créé ?

Condamné par tout le monde, je n'espère pas une réponse. Je vous quitte. Rien à vous dire.

B…, le 17 janvier

Walter T. à François

J'ai bien reçu ta lettre et je te suis très reconnaissant de m'avoir exposé ton cas avant même que je l'apprenne d'une autre source. Naturellement, je suis triste parce que c'est moi qui t'avais recommandé ce métier de maître. Mais je ne suis pas du tout fâché du fait que tu as été franc. Au contraire, cela me plaît et me donne l'espoir de pouvoir t'aider un peu. Je vais certainement essayer de répondre à tes questions, et permets-moi aussi d'être franc.

Laissons de côté pour le moment la question de savoir si ton cas était l' « adultère » au sens propre du terme. Tu as tout à fait raison en disant que la sexualité n'est pas un péché. Tes pensées en voyant une belle fille, l'attirance qui te frappe ne sont pas encore le péché. Tu ne peux pas les éviter comme tu ne peux pas empêcher les oiseaux de voler autour de ta tête. Mais tu peux certainement les empêcher d'y faire des nids….

Bien sûr, les désirs sexuels sont créés par Dieu. Ils sont un don de Dieu, peut-être même le don le plus précieux que tu aies reçu pour ta jeune vie. Mais l'existence d'un désir ne justifie pas encore sa satisfaction.

Que dirais-tu donc d'un garçon qui se trouverait devant l'étalage d'une boucherie dans une grande ville et qui raisonnerait comme suit : « En voyant cette viande, j'ai plus faim qu'auparavant. La viande réveille mon appétit. Cela me montre donc qu'elle m'est destinée et que je dois la posséder. Donc j'ai le droit de prendre une pierre et de casser la vitre » ?

Tu dis : « Ce qui existe doit fonctionner. » Oui, mais chaque chose à sa place. Imagine-toi qu'un de tes camarades soit devenu policier et possède pour la première fois de sa vie un révolver. Maintenant il développe la philosophie suivante : « Je ne me suis pas donné ce révolver ; il m'a été donné. Parce qu'il m'est donné, il doit fonctionner, c'est-à-dire que je dois donc tirer sur n'importe qui. »

Non, il n'a pas ce droit. Si le révolver lui est donné, il est responsable de son emploi. Il en est de même pour la sexualité ; elle doit être employée, mais à sa place, dans certaines conditions, selon l'ordre de Dieu. A l'intérieur de cet ordre l'instinct sexuel est un bienfait, une puissance de vie et d'unité entre les êtres. Hors de lui, il devient vite un instrument de division et de désagrégation, une source de cruauté, de perversion et de mort. L'union sexuelle n'est justifiée que si elle est l'expression de l'amour.

Une phrase dans ta lettre m'a spécialement frappé : Tu écris : « J'ai aimé une fille. » Non ! mon cher. Tu n'as pas aimé cette fille ; tu as couché avec elle — ce sont deux choses bien différentes. Tu as fait une expérience sexuelle et non une expérience d'amour.

L'amour véritable cherche le bonheur du prochain, non le sien. Je sais bien que si un jeune homme dit aujourd'hui à une jeune fille : « Je t'aime », cela veut dire : « Je veux avoir quelque chose ; pas toi, mais quelque chose de toi ; je n'ai pas le temps d'attendre ; je veux l'avoir immédiatement, sans délai. Tant pis pour ce qui viendra plus tard, c'est le moment présent qui m'intéresse. J'ai besoin de toi pour satisfaire mes désirs. Tu n'es pour moi qu'un instrument pour atteindre mon but. Vite ! Je veux t'avoir... »

Or cela n'est pas « aimer », c'est le contraire, c'est être égoïste. Au lieu de dire : « J'ai aimé une fille », tu devrais dire :

« Je me suis aimé moi-même seulement. A cette fin, j'ai employé une fille. »

Voici ce que « Je t'aime » veut vraiment dire : « Toi, toi, toi, toi seule, tu dois occuper toute la place dans mon cœur. Tu es celle que j'ai désirée, sans laquelle je serais incomplet. Je veux donner tout pour toi, je veux tout t'abandonner, moi-même ainsi que tout ce qui m'appartient. Je ne veux vivre que pour toi, pour toi seule je veux travailler. Je suis prêt à te recevoir. Avec toi seule je veux toujours être patient. Je ne veux jamais te forcer, même par mes paroles. Je serai toujours transparent devant toi, honnête, sérieux. Je veux te garder, te protéger, te préserver de tout mal. Je veux partager tout avec toi, l'argent, les pensées, le cœur et tout mon corps. Sans toi, je ne veux rien entreprendre. Auprès de toi, je veux rester toujours… »

Vois-tu maintenant combien ton expérience était loin d'une expérience d'amour ? Tu ne connais même pas le nom de cette fille ! Tu ne connais ni ce qu'elle était, ni ce qu'elle pourrait être. Tu n'as aucune idée de ce qui s'est passé dans son cœur quand tu l'as invitée et que tu l'as prise ; et si elle devient enceinte, tant pis pour elle…

Par contre, l'amour véritable implique une responsabilité que l'homme assume pour sa femme et les deux ensembles devant Dieu. A ce moment-là, l'homme ne dit plus « moi », mais « toi », et tous les deux ensemble ne disent pas seulement « moi et toi » mais « nous ». L'amour ne peut et ne veut jamais cesser. Il exige la permanence et la fidélité. En d'autres termes, l'amour véritable entre homme et femme ne se réalise que dans le mariage. C'est pour cela qu'aucun garçon ne doit prononcer ce grand mot « Je t'aime » devant une fille s'il n'a pas l'intention de l'épouser.

Voilà la place qui revient à ton désir sexuel : il doit être une expression, parmi d'autres, de l'amour conjugal. Si tu l'emploies séparé de l'amour, tu te prépares un mariage malheureux.

Je termine ici. Je crois que cette lettre va te donner matière à réflexion. Mais compte toujours sur mon amitié et mes prières malgré tout.

Reçois mes amitiés sincères.

M…, le 25 janvier

François à Walter T.

Votre lettre m'est bien parvenue et je vous en remercie infiniment. Je vous suis bien reconnaissant parce que vous ne m'avez pas abandonné à cause de ma conduite. Vous me critiquez, mais sachez que vous m'aidez aussi. Je suis vraiment très heureux de voir en vous quelqu'un à qui je peux écrire ouvertement, bien que je n'aie pas tout compris ce que vous m'avez dit. C'est votre dernière phrase qui m'a le plus frappé.

Monsieur, si j'ai eu un motif valable pour mon action, c'était précisément que je me prépare pour un mariage heureux. Mais maintenant, vous me dites le contraire. Comment peut-on savoir sans apprendre ? Comment apprendre sans faire l'essai ? N'avons-nous pas fait la même chose en classe de chimie et de physique ?

Nous avons un dicton dans ma langue maternelle qui dit : « On doit aiguiser la lance avant d'aller à la chasse. » Que servirait-il d'être marié mais impuissant pour n'avoir pas assez entraîné ses capacités ? Ne peut-on craindre même un affaiblissement des organes ?

Comprenez-vous ce que je veux dire ? Peut-être trouverez-vous encore assez de temps pour me répondre une fois de plus.

B..., le 3 février

Walter T. à François

Je te remercie de nouveau pour ta lettre si honnête. Je la prends comme un signe de confiance.

Il y a dans la Bible une étrange comparaison. Elle dit : « L'amour est fort comme la mort. » (Cantique des Cantiques 8 : 6). De même que tu ne peux pas « essayer » la mort en dormant profondément, de même tu ne peux pas « essayer » l'amour par une expérience sexuelle. La raison en est que les conditions sont tout autres.

Prenons une seconde comparaison : Si tu veux essayer un parachute, tu seras peut-être tenté de sauter du haut d'une maison ou d'un pont ou d'un grand arbre. Mais 5 à 10 mètres ne suffisent pas pour que le parachute s'ouvre et tu te casseras sûrement le cou. On ne peut « essayer » un parachute d'une façon satisfaisante qu'en sautant d'un avion. De même, on ne peut pas essayer l'amour en dehors du mariage, car il est une partie intégrante du mariage.

L'acte sexuel se passe dans des conditions tout à fait autres quand on est marié. On n'est pas pressé, on n'a pas peur d'être découvert, on n'a pas peur que l'autre vous trahisse ou vous abandonne, on n'a pas peur qu'il en résulte une grossesse — et surtout on a le temps nécessaire pour s'habituer l'un à l'autre, pour corriger ensemble les maladresses du début. On sent qu'un amour « total », comprenant tous les domaines de la vie, enveloppe l'amour purement sexuel.

Avant le mariage, on est juste capable d'« essayer » le fonctionnement physique des organes sexuels, mais ce n'est justement pas ce fonctionnement qui importe ; ce qui importe c'est l'ajustement psychologique, c'est-à-dire la rencontre du cœur et de l'esprit des époux.

Lorsque survient ce qu'on appelle un « trouble sexuel », il ne s'agit généralement pas d'une affaire physique, dont on aurait pu se rendre compte avant le mariage par un simple examen médical — mais d'un défaut d'ajustement psychologique.

Encore une comparaison : Quand on accorde les instruments d'un orchestre, il faut d'abord accorder les violons et les flûtes et ensuite les trompettes et les tambours, car si l'on accorde en premier lieu les trompettes et les tambours qui font beaucoup de bruit, on n'entendra plus les violons et les flûtes. Il en est de même dans le mariage. Il faut aussi accorder les instruments dont l'ajustement spirituel correspondrait aux violons et aux flûtes, et ce n'est qu'ensuite qu'il faut mettre en train les trompettes et tambours de la sexualité.

C'est à cet ajustement qu'il faut veiller dès avant le mariage. C'est précisément en couchant avec des filles quelconques que tu peux gaspiller tes « capacités », non seulement les capacités de ton corps mais aussi la capacité d'aimer avec ton âme. Ce qu'il faut craindre n'est pas l'affaiblissement de l'organe sexuel, mais l'affaiblissement de l'amour du cœur. Prétendre accomplir l'acte sexuel sans l'amour, c'est se borner au simulacre, à l'imitation superficielle de quelques-unes de ses phases, c'est le réduire à un simple automatisme instinctif et animal. Mais c'est en ignorer la plus décisive : l'accueil du *toi* dans le *moi*, et l'élévation du couple à l'unité de la chair. En te préparant au mariage par de multiples relations sexuelles, tu risques fort de ne jamais atteindre le sens décisif de l'expérience réelle, car ton cœur s'émousse et se ferme à l'amour total du cœur. Lorsque tu es invité à une fête de mariage, on t'apporte plusieurs mets dans différents plats. Tu en as un qui te plaît le plus et que tu préfères à tous les autres. Tu ne commenceras pas par goûter tous les autres mets, de peur de ne pouvoir jamais arriver au plat préféré.

Chez nous tous sommeille une tendance à la polygamie. Par l'habitude du changement, tu pourrais déjà à l'avance mettre en danger ton futur mariage. D'une manière générale, tu peux, par des aventures sexuelles avant le mariage, t'habituer facilement

à commettre des fautes dont tu ne parviendras que difficilement à te libérer plus tard. Lorsque je suis appelé à donner des
conseils à propos d'un mariage qui passe par une phase critique, je puis souvent me rendre compte des problèmes posés,
en fonction de la vie que les époux ont menée avant de se marier. Celui qui a appris avant le mariage à discipliner sa vie
sexuelle et à en être responsable, saura aussi plus facilement
résoudre les questions qui se posent dans le mariage. Tu te
rends donc bien compte par là que ton cas est déjà de quelque
manière en rapport avec le mariage lui-même. En un certain
sens, tu dérobes quelque chose à ta future femme, même si tu
ne la connais pas encore, et tu mets en danger votre bonheur à
venir.

Mon cher François, j'espère que tu comprends au moins
une chose. Je ne cherche pas à te priver d'un plaisir mais à protéger ton bonheur. Si tu cueilles les fleurs de l'oranger, tu ne
connaîtras jamais la saveur des oranges. Par conséquent, en te
conseillant de ne pas cueillir les fleurs, je ne veux pas t'arracher
quelque chose, mais te donner quelque chose. Ainsi, à ton bon
mot je réponds par un autre : « A vouloir trop s'enrichir, on
s'appauvrit souvent. »

Reçois mes salutations fraternelles.

M..., le 10 février

François à Walter T.

En lisant votre dernière lettre, un verset biblique m'est venu à
l'esprit, que j'ai entendu depuis longtemps mais qui a pris un
sens nouveau à la suite de notre correspondance : « La crainte
n'est pas dans l'amour, mais l'amour parfait bannit la crainte ;

car la crainte suppose un châtiment et celui qui craint n'est pas parfait dans l'amour » (I Jean 4 : 18).

Oui, c'est vrai. J'ai eu peur et, à vrai dire, j'ai éprouvé peu de joie cette nuit-là. Mais comprenez ceci : c'était aussi la peur qui m'a poussé, celle de tomber malade, si trop de sperme s'accumule dans mon ventre. Aussi, quelquefois, j'ai des « rêves humides » pendant la nuit. Ma literie est salie et je trouve cela très dégoûtant. Mes camarades m'ont affirmé que le seul moyen d'échapper à ces maux est de chercher à avoir des relations avec une fille. Qu'en pensez-vous ?

Vous me mettez en garde contre l'éveil en moi d'une tendance à la polygamie. Est-ce qu'on ne peut pas aimer plusieurs femmes à la fois ? Aucun passage biblique n'interdit la polygamie.

Monsieur, dans cette lettre je vous ai révélé mes pensées les plus secrètes. J'espère que vous n'êtes pas trop choqué. Mais je n'ai personne avec qui je peux traiter ces problèmes ; même avec mes parents je n'ai jamais touché à ces sujets-là. De plus, j'ai peu de confiance en l'examen médical que vous mentionnez. Nos docteurs ne disent pas la vérité parce qu'ils craignent des palabres avec les familles.

B…, le 20 février

Walter T. à François

Laisse-moi commencer par ta dernière question : Non, je ne crois pas qu'on puisse « aimer » plusieurs femmes à la fois. Tout dépend, il est vrai, de ce que tu comprends par le terme « aimer ». Si « aimer » veut dire coucher avec, si l'amour n'est que la sexualité, sans doute. Mais l'amour « parfait », dont parle la Bible dans le verset que tu as cité, implique non seulement le corps, mais aussi le cœur. Tu connais certainement ce dicton : « Dans un cœur où il y a place pour plusieurs, il n'y a pas place pour un seul. » C'est vrai. La responsabilité totale dont je t'ai parlé demande que tu ne prennes qu'une seule femme.

Tu prétends que la polygamie n'est pas interdite dans la Bible. Je ne puis aborder ici cette question dans le détail. Je me borne à constater que, même dans l'Ancien Testament, la polygamie constitue l'exception, et non pas la règle. Là où elle existe, elle est aussitôt motivée par l'absence d'une postérité. D'ailleurs, la Bible est très réaliste et elle indique clairement les difficultés que la polygamie entraine. Dans la Genèse, notamment, il est beaucoup question, à ce propos, de jalousies et de luttes, d'injustices et même de haine. Le terme utilisé dans les langues sémitiques pour désigner la seconde femme est synonyme de « rivale » ou d'« adversaire » — et, au Ghana, les Ashantis l'appellent « la jalouse ».

Au lieu d'interdire, la Bible contient une assertion positive sur le mariage, assertion dont nous pouvons tirer nos conclusions. Elle dit : « Un homme s'attachera à sa femme (singulier !), et ils seront une seule chair. » Le mot « chair » peut être aussi traduit par « être vivant » et mieux encore par « personne ». Dans le mariage, l'homme et la femme ne sont plus deux, mais un.

La Bible dit simplement que si tu es polygame, ton mariage est aussi un mariage, mais il n'est pas « une personne » et pour cette raison ne peut jamais être une « image » de Dieu, où l'homme est partenaire de Dieu, ni un miroir où l'amour mutuel de l'homme et de la femme reflète « l'amour parfait » de Dieu. Seule la monogamie témoigne de l'amour de Dieu.

Si tu veux te préparer au mariage, prépare-toi pour cet « amour parfait ». Ne te laisse pas diriger par la peur, mais par l'amour.

Ta crainte que tes spermes ne s'accumulent et que tu n'en deviennes malade est complètement infondée. C'est un véritable mensonge que ces camarades t'ont dit. En outre, les pollutions nocturnes ne sont pas un signe de maladie, mais du fonctionnement normal de ton corps. Ça arrive à tout le monde. Le corps abandonne automatiquement les substances qui ne sont pas employées. C'est tout. Rien de mystérieux, rien de magique ; « l'âme » ne sort pas. Dieu a établi cet ordre justement pour garantir la santé.

Au contraire, si tu couches avec des filles quelconques, tu cours beaucoup plus de risques de tomber malade et d'attraper une maladie sexuellement transmissible.

Pour moi, l'argument selon lequel des rapports sexuels protègent la santé n'est rien d'autre qu'un triste faux-fuyant dont se servent ceux qui ne veulent pas apprendre à former leur sexualité. Le contraire peut être beaucoup plus vrai. Il existe une sexualité vécue qui, en réalité, est une « maladie » parce qu'elle n'est pas rapportée au « toi » et qu'elle mène à l'isolement.

Sache qu'aucune des pensées que tu me révèles ni aucune question que tu peux me poser ne me choquera jamais. La solitude dans laquelle beaucoup de jeunes gens restent avec leurs problèmes est une vraie détresse et tu peux seulement leur conseiller de s'ouvrir à un homme mûr, expérimenté et digne de confiance.

Vos parents ont laissé tomber les rites d'initiation et par là même ils ont créé un vide. C'est à toi de réfléchir comment tu peux le remplir pour aider tes futurs enfants.

Un docteur qui ment n'a pas de conscience professionnelle. Naturellement, avant de se laisser examiner, il faut bien choisir, si possible un docteur responsable et discret.

Avec mes salutations en Christ, qui est le plus parfait exemple de « l'amour parfait » de Dieu, et qui t'aime aussi malgré tout.

M...., le 28 février

François à Walter T.

J'éprouve un grand plaisir à vous écrire aujourd'hui. Je ne me sens plus abandonné, au contraire vous me donnez de nouveau du courage.

Dans votre dernière lettre, vous parlez de la possibilité d'attraper par une « fille quelconque » une maladie vénérienne. C'est curieux, car c'est justement pour donner la preuve que je ne suis pas malade ou même impuissant que j'ai commis cet acte. Je vous raconte maintenant toute l'histoire sans rien vous cacher.

Un de mes camarades m'avait invité ce jour malheureux à rendre visite à ses parents. C'était vers le soir. Déjà en route, il a commencé à se moquer de moi en disant que je n'étais pas vraiment un homme parce que je n'avais pas encore connu de fille. Mais quand nous sommes arrivés chez lui, ses parents n'étaient pas là, seule sa sœur était dans la maison. Nous avons commencé à causer et elle nous a offert de la bière. Soudainement, mon ami disparut et je me trouvai seul avec la fille.

Elle m'invita, et comme je refusais, elle commença à se moquer de moi en employant des mots très insolents de notre langue. Elle m'a même appelé « chiffon », c'est- à-dire un homme lâche et incapable.

Monsieur, étant Blanc comme vous l'êtes, vous ne pouvez pas imaginer ce que cela veut dire pour nous Africains. Être appelé impuissant est l'un des plus grands maux qui puissent arriver à un homme. Si je n'avais pas donné la preuve de ma capacité, elle aurait diffamé mon nom partout. A vrai dire, je n'ai pas « aimé » cette fille au sens que vous donnez à ce mot. Dans mon cœur je l'ai même haïe. Mais je n'ai pas pu agir autrement. La crainte de la moquerie était plus forte que toute autre crainte.

Dites-moi comment on peut devenir un homme et avoir la réputation d'un homme sans agir comme un homme ?

B..., le 6 mars

Walter T. à François

Je suis heureux que tu m'aies enfin exposé ton motif. Voilà, ce n'était pas, au fond, le souci de conserver ta santé ou le noble désir de te préparer, mais la simple crainte de la moquerie. Cela rend facile ma réponse à ta dernière question.

Tu n'as pas agi comme un homme, mais précisément comme un chiffon. Un homme sait ce qu'il veut, prend une décision et l'exécute. Mais se laisser diriger contre sa propre volonté par les paroles d'une mauvaise fille, c'est lâche. Pour moi, c'est plus humiliant que de supporter la moquerie de tout le village !

Tu dois prévoir des pièges pareils. Déjà la conversation avec ton ami, en route, aurait dû suffire à éveiller tes soupçons. Je te conseille de fuir des camarades de ce genre ! Ensuite, l'alcool a affaibli tes forces mentales de résistance et c'est ainsi qu'ils t'ont « eu ». Ils t'ont mis dans leur poche comme un chiffon. Dans ce domaine, mon cher, le vrai courage consiste à fuir.

Tu n'as pas agi en homme. Un homme ne se laisse pas entraîner partout, il se maîtrise.

Je me rappelle que, quand nous faisions des excursions avec notre groupe de jeunesse, nous arrivions auprès d'une source d'eau claire et fraîche après une longue marche. Notre chef nous forçait alors à rester auprès de cette source sans boire pendant une demi-heure. C'était pour nous enseigner la maîtrise de soi.

Satisfaire chaque désir à chaque instant te rendra mou et indolent, fera de toi un homme sans virilité, sans os, un homme que les filles sincères ne respectent pas. Si une fille te quitte parce que tu ne l'as pas prise tout de suite, laisse-la aller. Elle n'est pas une fille sérieuse. Les filles qui ont de la dignité veulent un homme, rien qu'un homme.

Tu veux donner une preuve que tu es un homme. Bien. Ne la donne pas par la débauche, mais par la maîtrise de soi. Tu auras aussi besoin de te maîtriser dans le mariage, quand ta femme sera malade, troublée, ou quand vous serez séparés par suite d'un voyage. Beaucoup de palabres d'adultère proviennent du fait que le mari n'a pas appris à se maîtriser quand il était jeune homme.

Tu veux te préparer pour le mariage. Alors ce ·qu'il te faut apprendre n'est pas le « laisser-aller », mais l'abstinence. Pour conduire une voiture, il faut savoir manœuvrer le frein et le volant ; l'accélérateur est alors très facile à manier. Je dois t'expliquer qu'il y a un rapport entre la maîtrise sexuelle et la capacité d'aimer avec le cœur, dont je t'ai déjà parlé et que tu as tellement de difficulté à comprendre.

Plus tu apprends la maîtrise sexuelle, plus tu es capable d'aimer avec ton cœur, plus tu découvres cet amour de l'âme qui s'éveille au sourire, aux gestes de la main ou à l'inflexion de la voix qui révèlent l'âme d'une jeune fille. C'est comme avec une lampe à pétrole. Si tu ne contrôles pas la mèche, la flamme sera trop haute, le verre noircira et la lampe ne pourra plus servir. Il faut régler la mèche et la « maîtriser » pour avoir plus de lumière.

C'est pourquoi l'homme, qu'il soit jeune ou âgé, doit savoir que la maîtrise de son instinct est nécessaire non pas parce que ce dernier serait mauvais en soi, mais parce qu'il importe pour lui d'établir la lumière d'un amour du cœur, grâce à laquelle se réalisera pour lui et pour sa partenaire la félicité la plus parfaite. L'art d'aimer, mon cher, comme tout autre art, ne saurait s'exercer sans discipline. Seule la discipline fait de toi « un homme », un homme capable d'aimer.

Tu peux me dire maintenant : « Mais, ce n'est pas très facile de devenir un homme. » C'est vrai, mon cher, ce n'est pas très facile. En fait, c'est extrêmement difficile. Il est difficile, certes, de résister à l'appel du désir et en particulier de ne pas le satisfaire solitairement. S'il t'arrive à cet égard de succomber, ne te crois pas anormal ou dévoyé. Ce n'est pas vrai, mais apprends ceci :

L'instinct sexuel est un instrument de communion. Le plaisir solitaire en est un détournement, car il isole en faisant chercher en soi-même une satisfaction qui est à recevoir dans la communion avec un autre. De ce fait, il replie l'homme sur lui-même alors que l'acte d'amour normal ouvre l'être à autrui. De plus l'acte solitaire laisse un arrière-goût de défaite, de honte et de vide. Il ne faut cependant pas prendre les choses au tragique.

« C'est plus fort que moi », diras-tu. « Et c'est toujours à recommencer. » Assurément. Mais ce qui fait que tu n'es pas maître de toi, c'est que tu te crois ton propre maître. Sache donc que ton corps appartient à Dieu, comme tout le reste, comme tes facultés, ton temps et ton argent. Tout ce que tu possèdes, Dieu te le confie, pour que tu en fasses le bonheur de ton prochain. Ainsi ta puissance sexuelle t'est donnée pour que tu en fasses le bonheur de celle que Dieu te destine. Ne la lui dérobe pas. Si tu crains tellement l'impuissance, n'as-tu jamais songé que la débauche peut ruiner tes capacités beaucoup plus que le ménagement de tes forces ?

Cette force qui est en toi, jusqu'à ce qu'elle puisse remplir sa fin propre, oriente-la vers toute activité créatrice, vers les tâches multiples qui attendent ta jeunesse, vers le service de ta famille, de ton Eglise, de ton village.

C'est aussi une question d'hygiène mentale et physique. Fuis donc les mauvais camarades, les mauvaises lectures et les mauvais films, les rêveries, l'inactivité, les excès de table et d'alcool. Donne-toi au travail, au sport, aux mille aventures que te réserve la découverte du monde. La création d'un chef-d'œuvre, la préparation attentive d'un métier, la réussite d'un examen difficile, un voyage à travers ton pays ou même au-delà de ses frontières, t'offrent d'excellentes occasions de détourner ton désir et de dépenser ta force d'homme.

Mais l'essentiel maintenant est de ne pas rester seul dans cette lutte et, si je le peux, je veux être pour toi un bon camarade. Mais n'oublie pas que le meilleur camarade de lutte est Jésus-Christ lui-même.

A ce propos, un dernier mot, au sujet de ta crainte de la moquerie. Ton Seigneur a subi des moqueries à cause de toi, on lui a même craché au visage. Pourquoi crains-tu les railleries d'une fille corrompue ?

Jésus-Christ, l'homme de Dieu, est le seul qui peut faire de toi un homme.

M..., le 12 mars

François à Walter T.

Vous m'avez bien attaqué dans votre dernière lettre — mais je vois maintenant que j'ai peut-être trop craint les moqueries des filles ou bien peut-être ai-je voulu les craindre pour justifier ma conduite.

Mais, Monsieur, n'est-il pas nécessaire de connaître la femme avant de se marier ? Un mariage ne peut-il pas être malheureux si les organes ne fonctionnent pas bien ? Beaucoup de mes camarades m'ont parlé de femmes avec « de l'eau » qui rend l'acte sexuel impossible. Nous avons aussi un dicton : « Une femme avec de l'eau met rarement au monde. » En outre, ne doit-on pas savoir avant le mariage si la femme est stérile ou non, pour ne pas être tenté plus tard de prendre une autre femme qui vous donnera des enfants ?

Le fait que vous dites vouloir être pour moi un bon camarade m'encourage à vous poser ces questions.

J'attends impatiemment votre prochaine lettre.

B…, le 22 mars

Walter T. à François

Les questions que tu poses dans ta dernière lettre sont vraiment
essentielles et je vais essayer d'y répondre.

Je sais bien que vous pensez presque tous que le bonheur
d'un mariage dépend de la connaissance des organes sexuels de
la femme. Permets-moi de te dire que ce ne sont presque jamais
des organes physiques que proviennent les « troubles ». Un
examen médical sérieux peut apprendre beaucoup plus que des
« essais ». Mais n'oublie pas non plus qu'il s'agit d'organes
souples et de tissus qui s'adaptent aussi au cours du mariage.

Mais c'est absolument une folie de coucher avec des filles
quelconques pour « connaître la femme ». Premièrement,
chaque femme est différente, son corps aussi bien que son
cœur. Ensuite, après cinq minutes avec elle dans la brousse,
comportement qui, excuse la comparaison, me rappelle celui
d'un chat, tu ne connais absolument rien d'elle, ni physique-
ment, ni, à plus forte raison, psychologiquement.

Le mot « connaître » est un grand mot. La Bible l'emploie
pour la première fois dans Genèse 4 : 1 : « Adam connut Eve,
sa femme. » On ne peut jamais connaître la femme, mais seulement sa femme, c'est-à-dire qu'on ne peut connaître une
femme que dans le mariage, dans l'atmosphère de la fidélité, où
l'acte sexuel est une des expressions de l'amour.

Faut-il alors courir un risque ? Jusqu'à un certain degré, oui !
Le mariage est un risque, mais si tu as confiance en Dieu, il te
bénira et t'aidera. Cependant, le risque est peut-être beaucoup

plus petit que tu ne le penses. Ne te laisse surtout pas tromper par cette histoire de « femmes avec de l'eau ». Les femmes avec de l'eau n'existent pas. J'ai longuement parlé avec des médecins européens et africains qui ont travaillé pendant des dizaines d'années en Afrique et n'en ont jamais rencontré une seule. Je n'ai pas non plus trouvé un seul mari qui m'ait dit cela de sa femme. C'est un mythe, une histoire sans vérité et sans réalité, inventée par de mauvais garçons pour justifier leur conduite.

Le moment est venu de te parler un peu de ce qui se passe dans le cœur de la jeune fille. Jusqu'ici, nous avons seulement envisagé la question du côté des garçons. Sache donc que l'acte sexuel, sans compter les conséquences visibles d'ordre social et familial qu'il peut comporter pour la femme, n'est jamais en lui-même sans importance. Il touche au plus profond de l'être de ceux qui s'unissent, et les marque pour la vie. En particulier, la jeune fille est profondément touchée. Elle ne pourra que très difficilement détacher sa pensée du premier homme à qui elle s'est donnée, même si elle le déteste plus tard quand elle épousera celui qu'elle aime. Et pour l'homme aussi, la première femme qu'il aura prise sera toujours un peu la sienne. Puisse-t-elle donc être vraiment la sienne !

Une jeune fille ne sait souvent pas cela, c'est au garçon de le lui faire connaître ! Tu es responsable d'elle devant Dieu.

Tu vois donc que le respect de la virginité de la jeune fille avant le mariage n'est pas un préjugé moral, mais il est une exigence de sa nature même. Ce qu'on demande à un homme, c'est d'être chevaleresque et conscient de ses responsabilités. Si le jeune homme sait l'expérience sexuelle dangereuse pour la jeune fille qu'il aime, voire parfois fatale, il dominera son impatience, même si la jeune fille semble prête à s'y plier et même si c'est elle qui entraîne le garçon.

C'est pourquoi tu n'as pas besoin de brandir le commandement : « Tu ne commettras pas d'adultère ». Le commandement d'amour : « Tu aimeras ton prochain comme toi-même », que Jésus appelle le plus grand des commandements, te pousse à prendre la responsabilité de ton comportement avant le mariage, d'une manière beaucoup plus profonde qu'une sèche interdiction des rapports intimes… Celui qui méprise et transgresse le commandement d'amour nuit à son prochain.

Beaucoup de jeunes gens ont déjà compris cela, mais ils admettent volontiers de tenter l'expérience avec des jeunes filles qui y sont habituées, et qui estiment n'en pas souffrir.

Mais si tu te lances dans une expérience sexuelle avec une jeune fille qui ne porte pas en elle l'image du mariage, tu te lances dans une fausse expérience. Tu n'as pas comme partenaire une vraie femme, mais une prostituée. Par conséquent tu fausses ton propre sens masculin, tu te trompes toi-même et risques de prendre un comportement qui sera source de difficultés dans le mariage. Alexandre Dumas fils a dit : « Si tu fais une expérience sexuelle avec une jeune fille digne de toi, c'est dommage pour elle ; si tu la fais avec une fille indigne de toi, c'est dommage pour toi. »

Dans la coutume originale de ta tribu, les relations sexuelles avant le mariage étaient souvent punies d'une manière très sévère, voire atroce. C'est pourquoi je me demande quelquefois si tes ancêtres ne connaissaient pas déjà certaines de ces vérités. Qu'en penses-tu ? En tout cas, qu'ils les aient connues ou non, la volonté de Dieu n'est jamais sans raison. Elle est claire et indiscutable, et elle est aussi bonne, agréable et parfaite. Dieu sait mieux que toi les conditions de ton bonheur. Il ne te trompe pas en voulant que tu n'aies que *ta* femme.

Vous êtes drôles, vous autres garçons. Tous les jeunes Africains que j'ai rencontrés jusqu'à présent veulent épouser des filles vierges. Mais par ailleurs tous, vous voulez aussi « faire l'essai ». Ne vois-tu donc pas combien c'est contradictoire ? Quel jeune homme peut savoir, lorsqu'il « gâte » la fiancée d'un autre, si la sienne ne sera pas traitée de la même façon ?

Je me suis souvent demandé pourquoi le nombre de couples sans enfants est si grand en Afrique. Je suis convaincu que la fréquence des relations entre jeunes gens avant le mariage en est une des causes, parce qu'elle favorise la propagation des maladies sexuellement transmissibles, des maladies vénériennes. Mais quelquefois il s'agit aussi d'une obstruction, résultant d'inflammations du conduit séminal chez l'homme ou ovarien chez la femme. Il est possible d'y remédier par une petite intervention consistant à insuffler de l'air dans les canaux bouchés. Mais nous pourrons reparler de ce problème quand tu seras marié, si cette difficulté se présente vraiment.

Permets-moi de mentionner brièvement un fait qu'on ignore souvent.

La conception d'un enfant ne peut normalement se produire que le jour où l'ovule se détache de l'ovaire de la femme. Le choix du jour favorable à la fécondation est donc d'importance capitale. Mais encore une fois : chaque femme est différente et tu ne peux trouver ce jour que pour ta femme, au cours des années de ton mariage. « Faire l'essai » ne t'apprend rien.

En dépit de tout savoir humain et de toute aide médicale, les enfants restent un don, une grâce de Dieu. Si Dieu n'accorde pas cette grâce, il faut savoir que la procréation n'est pas le seul but du mariage. L'union conjugale de l'homme et de la femme en un seul être comporte déjà un sens profond en soi.

Bien sûr, un couple ne doit pas se résigner à la stérilité avant d'avoir cherché à y remédier. Mais quel que soit le poids dont cette stérilité pèse, en particulier sur la femme, il importe d'en surmonter l'épreuve et de chercher avec foi quel autre devoir pourrait lui être réservé ailleurs. Peut-être pourra-t-elle soulager de profondes misères en adoptant un enfant abandonné, ou bien se vouer avec son mari à une tâche commune, sociale, intellectuelle ou religieuse, et réaliser avec lui, de la sorte, une union d'un autre ordre et toute spirituelle. Je connais plusieurs couples qui sont dans ce cas et dont la vie a atteint ainsi une belle plénitude.

Beaucoup de filles craignent le mariage pour une seule raison : « Qu'est-ce que je ferai si mon mari divorce, ou s'il prend une deuxième femme, parce que je ne peux pas avoir d'enfant ?» Sache que la peur de la stérilité peut suffire à rendre une fille stérile. C'est pour cela que tu ne dois laisser aucun doute dans le cœur de ta fiancée. Elle doit être sûre que tu l'aimes telle qu'elle est : totalement, avec ou sans enfant.

Le jour du mariage, tu dois faire à ta femme, devant Dieu, les promesses suivantes :

« Je promets de t'aimer, de te protéger, de vivre avec toi dans la vérité, de te demeurer attaché dans les bons et dans les mauvais jours, de te rester fidèle jusqu'à ce que la mort nous sépare. »

Après la décision de suivre Jésus-Christ, le choix du partenaire conjugal est la décision la plus importante de la vie. Que Dieu te guide !

M..., le 4 avril

François à Walter T.

Ce que vous m'avez dit dans votre dernière lettre était pour moi tout à fait nouveau. Jamais l'idée ne m'a effleuré qu'en prenant une fille qui m'y invitait, je lui faisais du tort. J'ai toujours cru lui faire plaisir.

Mais pourquoi est-ce que personne ne me l'a jamais dit ? Ni mes parents, ni mes maîtres, ni notre catéchiste, ni notre pasteur ne m'en ont jamais parlé. Le seul souvenir que je garde de ce genre est celui du sermon d'un missionnaire sur l'adultère, qui a soulevé pour moi des tas de questions. Mais quand je les ai posées à mon père, il m'a battu.

Maintenant on me punit comme un coupable en me mettant « sous discipline », sans m'expliquer en quoi je suis coupable. Aussi je me demande si, après avoir terminé mes six mois « sous discipline », j'obtiendrai automatiquement le pardon de Dieu.

Mais il reste encore une autre question. Je vois maintenant que les relations précipitées et anonymes ne servent à rien pour « connaître » une femme. Mais pour se marier, il faut d'abord choisir. Pour pouvoir choisir, il faut faire la connaissance de jeunes filles. Comment est-ce que je peux en rencontrer ? Où est-il bon de me rendre ? Où ne faut-il pas aller ? Que pensez-vous de la danse ? Pourquoi est-ce que toutes les filles s'imaginent, dès qu'un garçon les aborde, qu'il n'a d'autre idée en tête que d'avoir des relations sexuelles ?

Enfin, si vous dites que les conditions physiques ne sont pas un critère valable pour choisir, qu'est-ce qui doit donc guider mon choix ? Comment puis-je savoir si une jeune fille m'aime ou si j'aime une jeune fille ?

Que de questions ! En espérant que vous ne perdrez pas patience envers moi.

B..., le 15 avril

Walter T. à François

Tu as tout à fait raison. Oui, il est bien nécessaire que tu fasses la connaissance de jeunes filles avant d'être capable de choisir. Mais il est encore un peu difficile, ici en Afrique, de donner des conseils pratiques et réalisables. La coutume est encore trop forte, qui ignore l'existence de l'amour au sens chrétien du terme : celui du don mutuel, libre et gratuit de deux êtres. C'est pour cette raison que les filles étaient autrefois très sévèrement gardées et souvent déjà « mariées » dès avant leur naissance.

Les attitudes qui résultent de ces coutumes sont encore bien vivaces et on ne peut pas les changer du jour au lendemain. Mais je crois qu'on doit déjà entreprendre un développement nouveau. Pour permettre des mariages heureux, il faut d'abord créer des occasions où jeunes gens et jeunes filles puissent se rencontrer et vivre côte à côte en bons camarades, le plus naturellement du monde, sans gêne, sans fausse honte, sans effronterie. Des écoles mixtes, des mouvements de jeunesse, des camps de travail bénévolat pendant les vacances scolaires fournissent, à mon avis, de telles occasions. Ce serait une vraie tâche pour l'Eglise non seulement de prêcher contre l'adultère, mais surtout d'organiser des foyers de jeunesse dans les villes et les villages.

« Où m'est-il permis d'aller ? » Il est difficile d'énoncer des règles. C'est avant tout une question d'atmosphère. C'est à toi de juger, par exemple, si tu peux danser et dans quelles occasions. C'est à toi de tenir pour dangereuse la fréquentation des dancings et des boîtes de nuit. C'est à toi de ne pas te lancer dans une aventure dont tu ne saurais pas comment sortir.

Dis-toi simplement : « Je ne dois me rendre nulle part où je craindrais d'être vu par la personne que je respecte et que j'aime le plus au monde. »

Pour faire des connaissances, le mieux est que plusieurs garçons et plusieurs filles se retrouvent en groupe, sans former de « couples ».

Que les filles soupçonnent des intentions sexuelles chez les garçons provient d'une part de la coutume, qui ne connaissait d'autre motif pour une rencontre solitaire, et d'autre part de mauvaises expériences passées. C'est à toi d'agir différemment. Les filles sérieuses souhaitent aussi des rencontres au niveau de la camaraderie, j'en suis sûr. Si la fille est sincère, tu gagneras de cette manière son respect. Tel sera donc ton but : être parmi tes camarades celui qui aura pour les jeunes filles le plus d'égards et de respect.

Oui, un jour il faudra choisir et tu ne devras pas prendre ta décision à la légère, comme si elle pouvait être révisée. Car dans la pensée de Dieu, le mariage est indissoluble. Rien d'autre que la mort ne doit séparer ceux dont Jésus déclare : « Ils ne sont plus deux, mais un. Que l'homme ne sépare donc pas ce que Dieu a uni. »

Pour te guider dans ton choix, je te conseille de te poser les questions suivantes :

1. Celle de la foi d'abord. J'apprends par ta dernière lettre que tu voudrais bien obtenir le pardon de Dieu. Cela veut dire que tu ne peux pas concevoir ta vie sans Jésus-Christ. C'est pour cela que ta première question sera : « La jeune fille est-elle chrétienne ? Puis-je prier avec elle ?» Comment, en effet, pourriez-vous tout partager, sans avoir en commun la seule chose nécessaire ? Tu ne voudras donc pas épouser une jeune fille qui soit indifférente à l'égard de Jésus-Christ. L'unité de la foi fonde et garantit l'unité de ton mariage.

2. Tu te demanderas ensuite : Est-ce que je l'aime ? Comment tu peux le savoir ? Voici quelques signes : s'il t'est impossible de concevoir ta vie loin d'elle, si tu souffres d'être séparé d'elle, si elle occupe tes pensées, tes projets, tes rêves, si son bonheur t'importe autant que le tien. Les signes qui t'indiqueront qu'une fille t'aime seront semblables : si elle t'écrit des lettres, essaie de te plaire, cherche des prétextes pour te rencontrer, pour rester en ta présence, et, surtout, si elle abandonne ses relations amicales avec d'autres jeunes gens.

3. Il ne suffit pas de l'aimer comme une sœur, si elle doit devenir ta femme. Il faut l'aimer d'amour. Tu dois te demander : est-ce que je veux en faire la mère de mes enfants ? Tu verras que devant cette question beaucoup de filles qui te plaisent uniquement à cause de leur apparence extérieure seront exclues automatiquement de ton choix. De même la jeune fille

doit se demander : « Suis-je prête à me donner à lui ? Est-ce que je désire être la mère de ses enfants ?» Elle ne saurait donner comme père à ses enfants un alcoolique, un libertin, un avare ou un paresseux.

4. Est-elle enfin par sa conduite et sa tenue, par ses goûts et son caractère, par son éducation et son instruction, celle qui pourra, comme une amie, m'aider à répondre à ma vocation et partager les soucis et les joies de mon travail ? C'est pourquoi, dans ton cas, je te conseille de choisir une fille qui soit au moins un peu instruite, pour que tu puisses lui parler des problèmes de ton travail à l'école. Cela est absolument nécessaire. L'amour véritable parle. Il n'existe pas d'amour muet.

Il y a une ou deux autres questions que tu peux te poser encore : celle de la santé, celle du milieu social, celle de l'âge. Il vaudrait mieux que ta femme soit un peu plus jeune que toi, mais pas trop non plus. Pour un jeune homme, l'âge idéal pour se marier — selon les médecins — est 25 ans, et 21 ans pour une jeune fille.

Rappelle-toi que tu ne te maries pas pour faire plaisir à tel membre de ta famille. Ne regarde jamais une femme comme un moyen, mais comme une fin, c'est-à-dire : aime-la pour elle-même et non pas pour ce qu'elle te procure. Mais, dans toute cette lettre, je ne t'indique que quelques garanties humaines. Sache que le mariage demeure toujours une aventure pleine d'inconnues, une entreprise magnifique, mais délicate, que la grâce de Dieu peut seule te permettre de risquer avec confiance.

En d'autres mots : Dieu doit devenir ton guide principal. Tu dois te laisser diriger par Dieu dans ton choix.

C'est là que cette question est étroitement liée à la question du pardon que tu m'as posée. Tant que tu n'auras pas obtenu son pardon, Dieu ne peut pas te diriger. En transgressant sa loi, nous nous séparons nous-même de lui : imaginons qu'il y ait un fil téléphonique entre Dieu et nous. Le péché le coupe.

Il faut d'abord « réparer » ce fil, avant de pouvoir entendre la voix de Dieu.

Cela n'est pas aussi facile que tu le penses : faire six mois « sous discipline » et être pardonné « automatiquement ». La grâce de Dieu n'est pas une grâce à bon marché. Elle coûte cher. Elle exige l'aveu de la faute et la repentance du cœur, choses infiniment plus difficiles que de s'abstenir de la Communion pour un certain temps.

Si la discipline de l'Eglise a un sens, c'est d'affirmer au monde que l'Eglise n'approuve pas telle ou telle conduite. Mais la discipline ne peut en aucun cas remplacer la repentance, et elle n'est pas une punition. Il est interdit à l'Eglise de punir le péché. Ce serait là insulter Jésus-Christ, qui a subi notre punition en mourant pour nous sur la croix. « Il était blessé pour nos péchés, brisé pour nos iniquités, le châtiment qui nous donne la paix est tombé sur lui » (Es. 53 : 5).

Dieu a payé un prix très élevé pour te racheter : il a donné son Fils unique.

Je t'invite à lire lentement, plusieurs fois de suite, le psaume 32. Un des secrets de la vie chrétienne y est révélé : le rapport entré notre repentance et le fait que Dieu nous dirige.

Le psalmiste déclare : « Tant que je me suis tu, mes os se consumaient ». Et il ajoute : « Je t'ai fait connaître mon péché. » Dieu répond : « Je t'instruirai et te montrerai la voie que tu dois suivre. »

Je prévois dès maintenant la question que tu poseras dans ta prochaine lettre : « Comment se repentir ?» Oui, c'est ça la question-clé de la vie, dont la réponse contient les réponses à toutes les autres questions.

Seulement, je ne peux pas te donner cette réponse par lettre. Nous sommes maintenant arrivés à une certaine limite de notre correspondance. Jusqu'ici j'ai pu te conseiller par écrit, mais maintenant il faut que nous parlions ensemble, de frère à frère. Je t'invite donc très cordialement à me rendre visite.

Personne ne peut s'annoncer l'Evangile à soi-même. Il nous faut un frère pour nous le proclamer. Un grand théologien de notre temps, Dietrich Bonhoeffer, a exprimé cette vérité comme suit : « Le Christ est devenu notre frère pour nous aider ; et désormais c'est notre frère qui, par lui, nous devient un « Christ » avec toute l'autorité dont le revêt cette charge. Le frère est devant nous le signe de la vérité et de la grâce de Dieu. Il nous est donné pour nous venir en aide. »

Je suis prêt et je t'attends.

P. S. Tu aimes tellement « faire l'essai ». Fais-le donc, et viens. Ci-joint un mandat pour tes frais de voyage.

                                        M..., le 2 mai
François à Walter T.

Je vous écris pour vous apprendre que je suis bien rentré. Même trop bien. Mais je vous raconterai cela plus tard.

D'abord, je vous suis infiniment reconnaissant pour l'aide spirituelle que vous m'avez apportée. J'avoue que je me suis rendu chez vous avec beaucoup d'hésitations. C'est l'argent que vous m'avez envoyé qui m'y a finalement décidé. Cependant j'étais décidé à ne pas ouvrir la bouche et à vous laisser parler. J'avoue que j'avais peur. La palabre devant la session ne m'avait pas du tout troublé. Mais de vous voir, c'était terrible…

Il y a deux choses qui m'ont surpris. Devant les anciens de notre paroisse, j'ai eu l'impression d'être devant des juges, mais chez vous j'étais auprès d'un frère, pécheur lui aussi, ce qui nous rendait égaux devant Dieu. Nous avons donc pu parler l'un et l'autre de nos « pannes » du passé et cela m'a beaucoup consolé. J'ai été frappé par la petite histoire que vous m'avez racontée au sujet du planteur qui avait avoué avoir volé une corde, mais qui avait passé sous silence la chèvre qui y était attachée. Jamais je n'aurais imaginé qu'on puisse parler aussi facilement de ses « chèvres », ni prévu combien on se sent soulagé après avoir dévoilé certaines choses. Malheureusement l'affaire qui m'a poussé à vous écrire ma première lettre était loin d'être ma seule « chèvre ». Tout était difficile, mais sans être triste. Nous avons ri plusieurs fois et l'atmosphère était presque sereine. J'en arrive à conclure que la repentance n'est pas une affaire triste, mais au contraire joyeuse, peut-être même l'affaire la plus joyeuse de la vie...

La deuxième chose qui m'a surpris est que vous n'avez jamais été étonné, même quand j'ai parlé de mes plus grandes « chèvres ». Vous ne m'avez posé aucune question indiscrète et je me suis senti très libre. Enfin notre conversation n'était pas centrée sur mes fautes, mais sur le pardon de ces fautes.

Il m'est encore difficile de renoncer à une punition et d'admettre que Jésus a déjà « porté mes souffrances, s'est chargé de mes douleurs, que le châtiment (que j'ai mérité) est tombé sur lui », et que cela doit me donner la paix. Quelquefois je pense que cela me procurerait une paix plus grande — d'être puni moi aussi ; et de souffrir au moins un petit peu pour ce que j'ai fait. Non pas pour mériter le pardon, mais pour montrer ma repentance par une action concrète. Mais, comme vous l'avez dit, c'est peut-être là de l'orgueil. Je veux essayer de croire que Jésus a « tout accompli ».

Jamais je n'oublierai le moment où nous avons prie ensemble et où vous m'avez encouragé en citant Esaïe 43 : 1 : « Ainsi parle maintenant l'Eternel : François, ne crains rien ; François, je te rachète ; François, je t'appelle par ton nom : François, tu es à moi !» Et Jean 8 : 36 : « Si le Fils t'affranchit, tu seras réellement libre. »

Vous avez raison : il m'est impossible de me déclarer cela à moi-même. J'ai toujours voulu être chrétien. Mais jusqu'à présent, je n'ai jamais été sûr d'être pardonné. Je le suis maintenant.

Mais, enfin, écoutez ce qui m'est arrivé pendant le voyage du retour. Je suis heureux, je suis bouleversé, je suis fou. Je suis … je ne sais … Bref, j'ai fait la connaissance d'une jeune fille.

Mais ce ne sont que des paroles vides qui n'expriment rien. J'aurais dû dire : pour la première fois de ma vie j'ai aperçu une fille, j'ai vu en elle un être humain, une personne, une reine.

Qu'une jeune fille puisse captiver à ce point toute ma pensée, c'est incroyable ! Il m'est impossible de vous la décrire, de vous expliquer combien elle est belle et pourquoi elle est parfaite. Les mots me semblent pâles, impropres et inadéquats. En deux mots : j'ai vu la fille qui sera ma femme. Je voudrais bien voir la tête que vous faites. Etes-vous au moins maintenant un peu étonné ?

Mais le fait que tout cela m'arrive, si vite après ma visite chez vous, me pose quand même une question : est-ce possible, croyez-vous, que Dieu m'ait dirigé dans cette affaire ? Qu'il y ait un rapport entre cette connaissance que j'ai faite et la nouvelle décision que j'ai prise devant Dieu ? Vous m'avez assuré que Dieu me dirigerait après que le « fil » aurait été réparé. Mais si vite ? Avec une telle précision ? Dieu est-il si proche ? C'est presque effrayant. Je tremble…

J'aurais encore beaucoup de choses à vous dire. Mais je dois terminer. Je veux encore lui écrire, à elle. Un peu « sous le coup ».

B…, le 6 mai

Walter T. à François

J'étais très, très content de lire ta dernière lettre. Je te félicite de la connaissance que tu as faite. Si je comprends bien ce que tu m'écris, tu es véritablement épris et je rends grâce à Dieu de t'avoir accordé cette expérience. Il a exaucé les prières que je faisais pour toi.

Oui, je suis convaincu qu'il y a une liaison entre le pas dans la foi que tu as fait récemment et ta rencontre avec cette jeune fille. Dieu n'agit pas toujours aussi rapidement ; souvent il nous laisse attendre pour mettre notre foi à l'épreuve et pour nous apprendre la patience. S'il a exaucé tes prières si vite et d'une façon aussi claire, c'est pour fortifier tes premiers pas dans la vie nouvelle et pour te donner une leçon pour la vie. Mais il agit sans cesse et il nous est toujours proche, que nous nous en rendions compte ou non. Puisse le tremblement que tu as senti dans ton cœur ne jamais te quitter : « C'est une chose terrible que de tomber entre les mains du Dieu vivant » (Hébr. 10 : 31).

Mais maintenant, tu dois pour une fois me permettre aussi une question. Tu as vraiment piqué ma curiosité. Qui est cette jeune fille ? Raconte-moi donc bien en détail comment tu as appris à connaître cette reine. Est-ce qu'elle t'aime aussi ? As-tu parlé avec ses parents ? Puis-je vous marier ? Dois-je déjà préparer un sermon ?

J'espère te lire bientôt.

M…, le 3 juin

François à Walter T.

Quatre semaines ont passé depuis votre dernière lettre. Non, Monsieur, ne préparez pas encore votre sermon. Notre mariage attendra encore des années, si jamais il doit avoir lieu.

Je suis malheureux.

Mais je vais vous raconter d'abord toute l'histoire. Nous avons fait connaissance dans l'autocar. Elle avait un bébé dans les bras. Plus tard j'ai appris que c'était le bébé de sa sœur, qui était malade. J'ai cru qu'elle était une femme mariée. Elle avait deux valises et un ballot de vaisselle. Nous n'avions pas de places assises. Dans les virages nous devions nous soutenir l'un l'autre pour ne pas tomber. Conversation banale. Ma première impression : une fille différente. C'est difficile à expliquer. Plus ouverte que les autres et en même temps plus réservée. Je n'ai eu aucune mauvaise pensée en sa présence.

Quand elle a voulu descendre, elle m'a demandé de lui passer ses bagages par la fenêtre. Mais le chauffeur est parti trop vite, avant que j'aie pu les lui donner. Alors il m'a fallu cinq minutes pour le convaincre de s'arrêter de nouveau.

Que faire ? Je suis descendu et me suis retrouvé en pleine brousse avec les bagages d'une inconnue. Je retourne à pied, et vingt minutes après, je rencontre la fille avec le bébé, tous deux en train de pleurer.

Peu d'espoir de trouver un autre transport le même jour. Alors elle m'invite à rester chez ses parents dans son village, à quelques kilomètres en brousse.

Situation étrange : nous arrivons, elle, le bébé dans les bras et le ballot de vaisselle sur la tête, moi portant ses deux valises. Un vrai spectacle pour tout le village !

Réception réservée. Elle explique la situation. Bon repas.

Mille fois, je me pose vos questions. Tout semble positif. Elle est chrétienne, écolière, et s'intéresse à l'enseignement. Je ne peux imaginer personne de plus qualifié pour être la mère de mes enfants. Elle est un peu moins âgée que moi, en bonne santé. De plus, je sens bien que je ne lui suis pas indifférent, et, bien qu'elle n'en dise rien tout haut, ses yeux en disent long.

Je n'ai même pas eu l'idée de l'inviter la nuit. Je ne me reconnais plus. Autrefois, cela aurait été ma première pensée.

Le lendemain, on se quitte. Les parents sont polis, mais se taisent.

Ensuite des lettres, presque chaque jour. En voici une que je sais déjà par cœur. Renvoyez-la-moi aussi vite que possible,

s'il vous plaît. Vous verrez vous-même combien elle est sérieuse. Je suis heureux, plein de projets…

Mais voilà qu'arrive la facture !

Oui. Je ne trouve pas d'autre expression. Son père veut la
vendre au plus offrant comme aux enchères. Il demande,
puisque — dit-on — il y a déjà d'autres offres, une avance de
100.000 frs CFA, 2000 Fr. français. Mais je crains que ce ne
soit là que le point de départ. Ce n'est que le premier versement
d'un achat à crédit. Et la marchandise, c'est celle que j'aime !

Qu'avez-vous à répondre ? Vous n'avez pas pensé à cet
obstacle insurmontable, n'est-ce pas ? Vos belles théories sur
l'amour spirituel, sur l'amour du cœur et de l'âme — à quoi est-
ce qu'elles m'avancent, à présent ?

Bien sûr, on ne nous défend pas de nous aimer, même pas
peut-être de nous unir, à condition que nous ne nous mariions
pas. Se marier simplement parce qu'on s'aime semble inimagi-
nable et intolérable. Dans ce système, la jeune fille n'est jamais
l'épouse de son mari, mais l'épouse de la dot.

Cent mille ! Pour moi, c'est une somme astronomique.

Vous m'avez fait rêver. Mais la réalité cruelle détruit tout. Il
n'y a pas d'espoir pour moi.

Ou bien voulez-vous que je travaille comme blanchisseur
chez vous jusqu'à ce que mes cheveux soient blancs aussi?

Je sais que je suis insolent et ingrat. Vous n'avez certainement pas mérité ce sarcasme. Mais je ne trouve pas d'autre
moyen d'exprimer mon désespoir.

Mieux vaudrait mourir que de vivre sans vie. J'aimerais crier.

Crier au nom des innombrables jeunes gens, condamnés au
célibat forcé, poussés à la prostitution.

Crier au nom des innombrables jeunes filles, condamnées
au mariage forcé avec des vieillards riches et souvent poly-
games.

Ce cri, qui va l'écouter ?

J'accuse les responsables de notre pays, qui brûlent l'argent des pauvres au lieu de briser le monopole des femmes par les riches et d'abolir un système inhumain et brutal.

J'accuse cette société totalitaire, ce règne absolu du clan, qui destine une fille à satisfaire les exigences de ses parents, à maintenir l'équilibre financier de la famille.

J'accuse une coutume qui fait baisser le nombre des mariages et des naissances, qui permet aux pères de coloniser leurs enfants bien plus qu'aucun autre peuple ne peut jamais nous coloniser. J'accuse une tradition qui menace la liberté individuelle et nationale par la tutelle des vieux sur les jeunes, qui favorise l'exploitation du couple par le clan.

J'accuse les pères d'un égoïsme extravagant. Trop paresseux pour travailler, ils emploient leurs filles pour payer leurs dettes et pour s'acheter de l'alcool, des voitures et des femmes.

J'accuse les jeunes filles, qui restent impassibles et passives devant ce fléau qu'est la dot, qui laissent faire leurs parents à leur tête, et qui ensuite seulement se plaignent de leur mariage, qui les emprisonne bien plus que des murailles ou des barbelés.

J'accuse l'Eglise qui, au lieu de m'instruire, m'a soumis à des lois dures et incompréhensibles, et qui, quand je les ai transgressées et quand j'ai eu besoin de la grâce de Dieu plus que jamais, m'a privé précisément de cette grâce. J'accuse cette Eglise qui punit au lieu d'aider, qui m'a fait perdre mon travail et me pousse ainsi vers la prostitution pour me blâmer ensuite.

Pourquoi Dieu, ce protecteur du mariage d'amour, me montre-t-il sa voie sans me rendre capable d'y marcher ? Si le mariage d'amour reste le privilège des riches, pourquoi Dieu ne fait-il pas tomber du ciel les 100.000 frs. dont j'ai besoin ? Où est sa puissance ? N'est-il pas plus fort que ces petits contre-dieux : Mammon et le clan ? Quel Dieu !

Vous avez éveillé en moi des sentiments dont je ne me serais jamais cru capable. Vous m'avez enseigné à aimer. Vous avez fait flamber en moi un feu dont l'origine doit être céleste et sans lequel je ne me considérerais plus comme homme. Mais maintenant ce feu me brûle. Il me fait souffrir d'une façon insupportable et il me tuera...

Je n'attends plus de réponse, car il n'y en a pas.

WALTER TROBISCH AU LECTEUR

Au reçu de cette lettre, je restai d'abord complètement interdit. Je ne savais comment réagir. En aucun cas je ne voulais donner à François une réponse facile, lui dispenser des consolations pieuses ou lui demander avec quelque perfidie si, étant père d'une jeune fille pubère, il aurait écrit la même lettre. Je savais que ce cri enflammé représentait celui de milliers de jeunes Africains.

On ne doit pas peser chaque mot d'une semblable missive ; surtout, il ne faut pas se laisser réduire à la défensive par l'amertume du ton et par les outrances. Il convient avant tout d'écouter. Un long silence me parut être la meilleure expression de la compréhension et la façon la plus honnête de répondre. Car j'étais vraiment tout à fait perplexe.

Nous autres, Européens, ne nous représentons guère ce que signifie devoir accomplir en quelques décennies une évolution que notre société a mis des siècles à opérer. Primitivement, l'achat d'une fiancée était une coutume très sensée, servant à stabiliser le mariage. La valeur demandée consistait en bétail et compensait la perte de force productive que la famille subissait du fait du mariage d'une fille. En cas de divorce, le bétail devait être rendu à son propriétaire. Aussi la famille de la femme faisait elle tout pour maintenir et préserver le mariage.

L'introduction de l'argent, que l'on reçoit aujourd'hui pour le dépenser demain, a largement ôté cette signification à la coutume. En même temps, l'offre et la demande des articles de luxe occidentaux ont encore aggravé les choses. Aujourd'hui, il existe en fait un véritable trafic de filles à marier. Un juriste africain haut placé m'a montré toute une paroi garnie de dossiers contre des pères qui avaient reçu de l'argent de différentes personnes pour la même fille.

Il reste que le champ de bataille sur lequel se heurtent impitoyablement et sans transition les coutumes anciennes et les modes nouvelles est le cœur humain. C'est pourquoi aucun domaine de la vie n'est autant touché ici que le mariage et la famille. Nous sommes comme au point brûlant où les problèmes sociaux, religieux et politiques de l'Afrique moderne se rejoignent et deviennent visibles. Roland de Pury, un pasteur suisse qui a travaillé pendant des années en Afrique comme professeur de théologie, voit dans le changement de la place de la femme africaine la condition fondamentale de toute évolution future. Il déclare : « Il n'y a pas d'homme libre tant qu'il n'existe pas de femme libre à ses côtés. Il n'y a pas d'indépendance tant qu'il n'existe pas de couple indépendant et responsable. »

Ne pourrait-on pas ajouter : il n'y a pas de couple indépendant tant que l'amour ne devient pas l'assise qui porte le mariage ?

Mais s'il est vrai que la clé de la solution des problèmes africains — l'« aide au développement » au sens le plus fort — réside dans une compréhension approfondie de ce qu'est l'amour, et en particulier l'amour conjugal, nous nous trouvons soudain les mains vides. Qu'avons-nous, en effet, à offrir à l'Afrique à cet égard ? Qu'est-ce qu'un Africain trouve, dans ce domaine, lorsqu'il vient en Europe ? Ne venons-nous pas de découvrir nous-mêmes seulement maintenant que l'amour est l'assise du mariage ? Et si nous ne pratiquons pas l'achat des femmes, ne devons-nous pas sans cesse défendre cette assise contre d'autres formes menaçantes du matérialisme ?

Celui qui rencontre un autre homme apprend à se connaître lui-même. Il en est ainsi des continents. Si nous rencontrons l'Afrique, nous voyons tout à coup l'Europe sous un autre jour. Nous cessons d'être ceux qui donnent avec condescendance, de nous considérer comme des gens mûrs et à la pointe du progrès, qui ont réponse à tout ; nous sommes soudain là comme des gens qui sont eux-mêmes dans la détresse et ont besoin d'aide.

C'est au moment où j'eus compris tout cela que me parvint, de Cécile, la lettre suivante, qui me redonna le courage de reprendre la lutte pour le mariage de François.

Y…, le 2 juillet

Cécile à Walter T.

… Je vous écris car je suis très angoissée. Depuis quatre semaines environ, je suis sans nouvelles de François.

Il m'a beaucoup parlé de vous. C'est pourquoi je m'adresse
à vous.

Vous connaissez l'histoire de notre rencontre. C'était dans
l'autocar, alors que je revenais de l'hôpital avec l'enfant de ma
sœur pour le ramener dans notre village. Le chauffeur de l'autocar était reparti avant d'avoir déchargé mes bagages. François
me les rapporta et passa la nuit chez nous.

Le lendemain, il continua sa route pour aller dans le village
de sa mère. Comme vous le savez, c'est à cause d'une histoire
de fille qu'il avait été renvoyé.

Au commencement, quand je suis arrivée ici à l'école de Y.,
on s'écrivait presque tous les jours. Mais depuis le début de
juin, mes lettres restent sans réponse.

Je me fais beaucoup de soucis. Que dois-je faire ? Pouvez-
vous m'aider ?

B…, le 10 juillet

Walter T. à Cécile

Vous avez bien fait de m'écrire. Nous nous connaissons, bien
que nous ne nous soyons jamais vus. Oui, je peux dire que je
vous connais mieux que bien des gens que je rencontre tous les
jours. François vous a dépeinte d'une manière si vivante dans

ses lettres et ses conversations que je vous reconnaîtrais au premier regard !

Vous savez l'affection que je lui porte et qui date déjà du temps où il allait à l'école. C'est un lien solide entre vous et moi. Même plus : nous sommes devenus alliés. Car nous sommes engagés ensemble dans un combat...

Vous mentionnez son faux-pas avec cette fille. Il était tout désespéré quand il a perdu sa place. Heureusement qu'il m'a tout de suite écrit. A l'époque, nous avons eu une correspondance suivie que vous connaissez en partie.

Il avait surtout été déçu par son Eglise, qui lui avait refusé la sainte cène. Il se sentait abandonné par elle et il était tellement amer que je craignais qu'il ne perde sa foi en Dieu.

Le contraire s'est produit et c'est bien là le miracle : sa foi s'est approfondie. Il s'est senti pardonné. Il a compris que ce que Dieu fait est plus grand que ce que peuvent faire les hommes. Il eut le courage de se faire tout petit devant Dieu. Et alors Dieu grandit à ses yeux.

Ce fut un moment décisif. Il vous faut être reconnaissante d'aimer un homme qui a pris une telle décision.

Il vous rencontra sur le chemin du retour. Hasard ? Pour François, c'était davantage. Pour lui c'était le signe que Dieu ne l'avait pas abandonné, qu'il l'aimait encore malgré tout. A cause de vous, sa foi se fortifia : parce que vous existez, il a retrouvé sa confiance en Dieu.

Aussi, quand votre père lui demanda tout de suite une dot de 100.000 frs CFA, il en reçut un coup terrible. Toute sa foi en fut ébranlée. Il m'écrivit une lettre indignée. C'est typiquement une lettre à la François. Vous le connaissez : dès que des difficultés s'élèvent, il vous jette tout à la tête : la foi, l'amour, Dieu, l'Etat, l'Eglise, vous et moi.

Voici quelques échantillons de sa lettre :

« ... Mieux vaudrait mourir que de vivre sans vie. »

« … J'accuse les responsables de notre pays, qui brûlent l'argent des pauvres au lieu de briser le monopole des femmes par les riches … »

« … J'accuse cette société totalitaire, ce règne absolu du clan, qui destine une fille à satisfaire les exigences de ses parents, à maintenir l'équilibre financier de la famille. »

« … J'accuse la coutume qui permet aux pères de coloniser leurs enfants … une tradition qui favorise l'exploitation du couple par le clan … »

« … J'accuse les pères trop paresseux pour travailler, qui emploient leurs filles pour payer leurs dettes … »

« … J'accuse l'Eglise … qui punit au lieu d'aider … »

« … Pourquoi Dieu me montre-t-il sa voie sans me permettre d'y marcher ? Si le mariage d'amour reste le privilège des riches, pourquoi Dieu ne fait-il pas tomber du ciel les 100.000 frs CFA dont j'ai besoin … ?»

Cette lettre date du 3 juin. Depuis, je n'ai plus rien entendu de François non plus. Cécile, j'ai souvent relu cette lettre et chaque fois j'ai la même impression : c'est une lettre formidable. Il est tellement sincère dans sa colère. François accuse tout le monde, sauf lui. On dirait qu'il est le premier et le seul qui ait à payer une dot. Mais ça, c'est François : tant qu'il s'agit des affaires des autres, il ne peut pas se mettre dans leur peau. Mais lorsqu'il s'agit de lui, il tombe des nues.

En tout cas, il ne faut pas que cette lettre reste sans réponse. Elle exprime ce que beaucoup ressentent. J'en ai eu le souffle coupé et je ne trouvais plus que dire car je ne voulais pas me contenter de quelque banalité. Je sais bien que nous autres Européens, nous sommes en partie coupables de cette situation, car d'une bonne coutume nous en avons fait une mauvaise.

Votre lettre est arrivée alors que je me demandais justement quelle réponse je pourrais lui donner pour l'aider d'une manière vraiment efficace.

Cécile, je vous le demande : répondez VOUS-MEME à la lettre de François. Vous pouvez l'aider beaucoup plus que moi.

Devenons alliés pour le combat de votre mariage ! Montrez-lui que l'amour n'est pas une terre interdite pour les Africains, comme beaucoup le pensent ! Montrez-lui que les Africains ont le droit d'aimer et qu'ils en sont capables !

Ceci n'est pas une question d'argent, mais une question de foi. Montrez-lui que la foi n'accuse pas, mais qu'elle se lance dans le combat !

Il y a un autre passage de la lettre que je n'ai pas encore cité. Le voici :

« ... J'accuse les jeunes filles, qui restent impassibles et passives devant ce fléau qu'est la dot, qui laissent faire leurs parents à leur tête, et qui ensuite seulement se plaignent de leur mariage qui les emprisonne bien plus que des murailles ou des barbelés. »

Il n'y a que vous qui puissiez répondre à ce reproche. Montrez à François qu'il y a des jeunes filles en Afrique qui ne sont pas passives !

C'est une tâche difficile, mais je vous fais confiance, je sais que je peux compter sur vous.

Y..., le 20 juillet

Cécile à Walter T.

Hier j'ai fait ce que vous m'avez demandé et j'ai répondu à la lettre de François. J'ai longtemps lutté avec moi-même. D'abord je ne voulais pas écrire. Mais j'ai quand même essayé. Voici cette lettre.

C'était une lettre difficile à écrire et maintenant je n'ai pas le courage de l'envoyer. Toute la nuit, j'ai réfléchi pour savoir comment je devais agir. Alors j'ai eu l'idée de vous l'envoyer pour la revoir. Mais lisez-la aussi à votre femme. Si votre femme pense que c'est bien de l'envoyer, alors je le ferai.

Il est difficile d'être tout à fait honnête sans blesser. J'ai peur de la réponse que je recevrai. Je crois qu'il vaut mieux supprimer les quatre derniers mots. Ils sont trop durs.

Y..., le 19 juillet

Cécile à François

J'aime un jeune homme. Il s'appelle François. Tu ne devras pas douter un seul instant de cela, malgré tout ce que tu vas lire.

Je me suis attachée à toi dès le premier instant de notre rencontre dans l'autocar, lorsque tu m'as aidée à porter mes affaires à la maison. Je me suis sentie encore plus attirée par toi durant cette même nuit, parce que tu n'as pas essayé de venir vers moi. J'ai senti que tu ne t'intéressais pas seulement à mon corps, mais à moi-même. Non pas pour une heure de plaisir, mais pour toute une vie en commun.

C'est justement parce que je t'aime, que je te parle si franchement dans cette lettre.

Le pasteur Walter m'a envoyé la copie d'une partie de la lettre que tu lui as écrite le 3 juin, et il m'a demandé de te répondre.

Lorsque j'ai lu cette lettre, j'avais un peu honte pour toi. Mais je sais au moins maintenant pourquoi je suis restée si longtemps sans nouvelles.

François, je te comprends très bien. J'ai gardé toutes tes lettres. Lorsque je les lis et relis, je sens l'effet que la demande de mon père a eu sur toi. Je sais que tu es pauvre. Je sais que tu as perdu ta place. Je sens combien tu m'aimes...

Peut-être as-tu raison de dire que l'Eglise a failli. Tu as certainement raison lorsque tu mentionnes les injustices de notre jeune Etat. Lorsque l'ancien et le nouveau se heurtent et s'entrechoquent, il ne peut pas en être autrement. Il ne faut jamais oublier que chez nous, c'est en une génération que s'est opéré le changement pour lequel l'Europe a mis des siècles. C'est pour cela qu'une bonne coutume est devenue une mauvaise coutume, comme dit le pasteur Walter. Ce ne sont pas seulement les Européens qui en sont responsables mais nous aussi.

Car la dot a quand même quelque chose de bon : elle nous montre, à nous jeunes filles, ce que nous valons aux yeux d'un homme. Nous sommes ainsi : nous aimons celui à qui nous coûtons cher, qui lutte pour nous mériter. Au début, je t'ai écrit : j'aime un jeune homme. Mais un homme n'accuse pas seulement. Un homme lutte. Ce n'est pas en accusant Dieu et le monde que les choses vont changer. J'ai de l'estime pour toi si tu luttes. Et je ne peux t'aimer que si j'ai de l'estime pour toi. C'est pourquoi je te supplie de lutter pour moi, de lutter avec moi pour notre mariage. Car je ne veux pas te laisser seul.

Je veux lutter avec toi.

Tu as raison : la plupart des jeunes filles se laissent passivement vendre, comme une marchandise. Je ne prends pas leur défense. Mais ta Cécile n'est pas comme ça.

Plus nous lutterons, plus notre mariage sera précieux. Ce qui tombe du ciel tout cuit, n'a pas de valeur. Cela ne lie pas et ne nous unit pas.

Je sais que Dieu nous a destinés l'un à l'autre. Je ne peux pas te l'expliquer, mais j'en ai la certitude en moi. Je ne peux pas te dire maintenant, c'est-à-dire avec ma raison, comment nous pourrons obtenir l'argent, changer la décision de mon père ou trouver du travail pour toi. Et pourtant, je sais en mon for intérieur qu'il y a une voie, qu'un jour nous nous appartiendrons l'un à l'autre. Dieu ne donne justement pas son aide en faisant pleuvoir de l'argent du ciel mais il nous accompagne pas à pas dans toutes nos difficultés, lorsque nous mettons notre main dans la sienne. Ce qu'il nous faut, ce n'est pas de l'argent, mais la foi, la confiance en Dieu.

Encore une fois : je t'aime. Mais j'aime le François-homme et non pas le François-chiffon.

B..., le 22 juillet

Ingrid T. à Cécile

Selon votre vœu, mon mari m'a lu votre lettre adressée à François. Vous avez fait mouche avec cette sûreté que seul donne l'amour.

Je dois vous faire un aveu : je n'aurais jamais cru qu'une jeune fille de votre âge fût capable d'écrire une telle lettre. Je n'en suis que plus reconnaissante et j'espère que nous aurons bientôt l'occasion de faire plus ample connaissance.

Oui, je sais combien il est difficile d'aider sans blesser. Un médecin ne peut pas toujours user de pommades, il doit parfois couper dans la plaie. Dans le mariage, l'un est le médecin de l'autre.

Seul celui qui peut guérir, a le droit de faire mal. C'est pourquoi il faut beaucoup aimer pour oser faire souffrir. L'amour seul en a le droit et le devoir. Car l'amour véritable n'est pas de la sentimentalité ou de la pitié, mais c'est quelque chose de fort et de courageux.

Ce qui m'a impressionnée, c'est que vous établissez une relation entre le respect et l'amour. Pour expliquer le commandement : « Tu ne commettras point d'adultère. Martin Luther dit : « Quel est le sens de ces paroles ? — Nous devons craindre et aimer Dieu pour vivre une vie chaste et honnête dans nos pensées, dans nos paroles et dans nos actions, et nous porter, dans le mariage, une estime et une affection mutuelles. »

Là aussi, on trouve la même relation. Et l'estime, le respect a encore un sens bien plus profond que ce que vous dites. Le respect reconnaît et trouve ce qui est digne d'être aimé là où les autres ne voient plus rien de tel. Je crois qu'une femme qui aime vraiment, aime son mari dans ses moments de faiblesse, dans ses défaillances et ses échecs, lorsqu'il laisse pendre la tête comme les feuilles desséchées d'un bananier. Seul celui qui a ce respect aime vraiment.

Vous pouvez tranquillement envoyer votre lettre ! Elle est très bien. Dieu bénit le courage et la franchise. Soyez sans crainte. Si François se met en colère, mon mari saura bien l'adoucir !

C'est ici qu'on peut bien dire : « La crainte n'est pas dans l'amour, mais l'amour parfait bannit la crainte.»

E…, le 27 juillet

François à Walter T.

Alors, vous avez réussi à me faire écrire de nouveau…

A l'instant je reçois la lettre de Cécile, que je dois à vos bons soins. Ah ! c'est très malin à vous de l'avoir mise dans le circuit ! Vous me connaissez bien et vous savez exactement où je suis vulnérable…

Mais la lettre m'a fait un effet tout contraire à celui que vous attendiez. Elle est non seulement une critique, mais encore un affront.

Et je prenais Cécile pour un ange ! Maintenant l'ange a montré ses griffes…

Mais tout est bien ainsi : au moins je sais à quoi m'en tenir. Au fond, je suis content qu'elle ait écrit cette lettre, ça m'a fait perdre mes illusions. La déception rend mon sort plus léger.

J'ai pris la première jeune fille parce qu'elle disait que je n'étais pas un homme. Celle-ci, je vais la quitter pour la même raison. Vous m'avez une fois écrit : « Ici le vrai courage consiste à fuir. » Eh bien —

Elle a bien fait de laisser tomber le masque avant que je l'épouse.

Comment est-ce dit dans la Bible ? Eph. 5 : 22-24. Je vous copie le passage, Monsieur le pasteur, pour que vous n'ayez pas besoin de le chercher :

V. 22 : « Femmes, soyez soumises à vos maris, comme au Seigneur. »

V. 23 : « Car le mari est le chef de la femme, comme Christ est le chef de l'Eglise, qui est son corps. »

V. 24 : « Or, de même que l'Eglise est soumise à Christ, les femmes aussi doivent l'être à leurs maris en TOUTES choses. »

En TOUTES choses ! Si maintenant elle me contredit déjà, qu'est-ce que ce sera dans le mariage ! Je ne veux qu'une femme qui m'obéisse, et ceci inconditionnellement, en TOUTES choses. Ce sont les termes bibliques. Comme les fidèles doivent obéir à Christ, de même la femme doit obéir à son mari. Voilà qui est clair et sans double signification.

Je suis un homme averti. Je vous en remercie.

B..., le 3 août

Walter T. à François

Tu as exactement réagi comme je m'y attendais. Tu es un sot. C'est clair comme le jour : tu es un grand sot.

J'ai lu la lettre de Cécile avant toi, et, selon son désir, je l'ai fait lire à ma femme. Nous aimerions tous deux que de nombreux pères et mères, et aussi des jeunes gens et des jeunes filles la lisent, non seulement ici en Afrique, mais encore en Europe.

C'est une lettre tout à fait remarquable. Nous avons été très impressionnés.

Dis donc, ta Cécile n'est pas une bûche, ni une poupée, ni une bête de somme passive, mais une jeune fille très mûre. Je te félicite de ton choix. Tu ne te rends même pas compte de la chance que tu as d'être aimé par une telle jeune fille.

Tu m'as écrit sous l'effet de la colère, alors que tu n'avais lu la lettre qu'une seule fois. Il ne faut jamais faire cela. Mieux vaut dormir une bonne nuit dessus : ça donne du recul pour juger sainement. Relis la lettre en toute tranquillité. Te rends-tu compte de ce qu'il en coûtait à Cécile de te l'écrire ? Et si elle a des mots durs, n'est-ce pas précisément parce qu'elle t'aime ?

Tu sais, l'amour ne rend pas aveugle, mais au contraire, il donne la vue. Il permet de voir les défauts et les faiblesses de l'autre et de l'aimer malgré ses fautes et ses faiblesses, comme il est.

Tu m'as une fois demandé comment on pouvait savoir si l'on aimait une personne. Je t'ai répondu : quand les défauts de l'autre ne te gênent plus. Certes ce ne sont pas les défauts que l'on aime, mais on aime l'autre avec ses défauts. On se sent responsable de lui.

Eh bien, il t'arrive que Cécile t'aime de cette manière. Et toi, au lieu de rendre grâce, tu te fâches ! Peut-être te croyais-tu sans défauts ? Mais l'homme ne serait peut-être pas aimé s'il était sans défauts.

Sois franc : tout ce que Cécile dit est vrai. Ton défaut, c'est d'abandonner trop vite.

Oui, je sais que la vérité blesse. Surtout lorsqu'elle est fondée. Nous sommes tous sensibles de ce côté-là, et en particulier nous les hommes, lorsque nous sommes critiqués par les femmes. C'est la même chose chez les Européens. Mais en Afrique, les hommes sont tout spécialement susceptibles à cet égard. Cela vient de ce que la femme n'y a jamais été considérée comme l'égale de l'homme. On n'accepte pas la critique qui vient de plus bas que soi. C'est une des raisons du vide et de la monotonie de bien des mariages.

Un de mes amis a écrit une lettre à sa future épouse pour lui dire ce qu'il attendait d'elle. De cette longue liste, je ne prends que quelques phrases. Voici la première : « Elle doit me stimuler par une critique inlassable et franche pour que j'atteigne le plus haut bien. »

Une exigence très peu africaine, n'est-ce pas ? Ou bien ?

Et cela continuait :

« Même déçue par moi, elle ne doit pas me retirer sa confiance. »

« Elle doit m'aider sans faillir à surmonter mes mauvais penchants. »

« Elle ne doit pas jouer la comédie, mais me dire immédiatement si je l'ai blessée. »

Comprends-tu ce qu'il voulait ? Non pas une bonne à tout faire, mais une partenaire égale, qui se tiendrait à ses côtés devant Dieu. C'est seulement avec une partenaire qu'on peut devenir vraiment et complètement « une seule chair », un être nouveau et vivant. Mais cette association demande une critique réciproque.

Et maintenant Eph. 5 ! Il faudrait peut-être faire attention de ne pas citer au hasard quelques versets bibliques pour prouver qu'on a raison ! Les versets bibliques ne sont pas des estampilles qui justifient nos dires aux yeux du monde : voyez ! même Dieu pense comme moi !

La parole de Dieu est « comme un marteau qui brise le rocher », qui abat ce qui gêne, qui fait mal, forme et transforme. La parole de Dieu nous provoque au combat.

Tu as cité les versets 22 à 24 parce que cela t'arrange. Merci beaucoup de me les avoir copiés ! Mais j'ai quand même ouvert ma Bible et j'y ai ajouté les versets 21 et 25. Le verset 21 insiste sur la soumission qui repose sur une réciprocité et dit : « vous soumettant les uns aux autres dans la crainte de Christ ! »

Alors viennent les versets que tu as cités et qui disent ce que cela signifie pour la femme. Mais le verset 25 montre ce que cela signifie pour l'homme. Ce verset, tu l'as omis.

Le voici :

« Maris, aimez vos femmes, comme Christ a aimé l'Eglise, et *s'est livré lui-même pour elle.* »

C'est une phrase formidable. Une vie humaine entière ne suffirait pas pour en mesurer la profondeur.

Comment Christ a-t-il aimé son Eglise ? Il l'a servie. Il a travaillé pour elle, il l'a aidée, il l'a consolée et même — ce qui était autrefois un travail d'esclave — lui a lavé les pieds. Elle était tout pour lui et il lui a tout donné, même sa vie.

Tu vois que la parole de Dieu est une épée à deux tranchants qui nous fait mal ? Christ n'était justement pas ce que nous autres hommes aimeraient être, un grand chef, un cheik ou la-mido, qui se fait servir. Il était l'esclave de son Eglise, et j'utilise ce mot à dessein parce qu'il fait mal à tes oreilles africaines. C'est seulement en tant qu'esclave de son Eglise qu'il en était le chef. De même pour toi. Tu es le chef de ta femme dans la mesure où tu es son esclave.

Le plus fort, c'est que l'Eglise ne lui obéit même pas toujours ! Elle lui a même fait faux bond, et cela continue encore aujourd'hui. Tu fais toi-même toutes sortes de critiques à l'égard de l'Eglise. Moi aussi. Elle a tant de vilains côtés, lorsqu'on pense à toutes les tensions et aux disputes sans fin. Mais c'est cette Eglise qu'il a aimée. C'est pour elle qu'il est mort. Par son amour, il l'a rendue digne d'être aimée. Lorsqu'elle lui obéit, elle ne le fait pas par devoir, mais parce qu'elle le veut bien, parce qu'elle ne peut pas vivre sans tête.

Ne sens-tu pas que Cécile ne veut qu'une seule chose : t'appartenir, comme un corps appartient à sa tête ? Avec sa critique elle ne cherche à atteindre qu'un seul but : que tu deviennes vraiment une tête à qui elle ne demande pas mieux que d'obéir.

C'est pourquoi elle te supplie de lutter, comme Christ a lutté pour son Eglise. Ton combat pour elle est le service que tu lui rends.

Le courage véritable dans cette situation est celui-ci : non pas fuir, mais devenir un homme mûr.

Il te faut aller le plus rapidement possible à Y. pour parler avec Cécile.

E…, le 14 août

François à Walter T.

Eh oui ! voilà encore une fois une de ces lettres ! Si je ne vous connaissais pas, je l'aurais déchirée. Que faut-il dire ? Ah ! c'est un beau sermon !

Seulement voilà, vous planez dans le ciel et vous n'avez pas les pieds sur terre. Vous n'apportez aucune solution pratique.

La seule proposition pratique de votre lettre se trouve à la dernière ligne. Mais ce n'est pas possible. Comment croyez-vous qu'une rencontre avec Cécile soit possible ? Si je vais la chercher à la sortie de l'école, aussitôt tout le monde fera des palabres. Elle habite chez son oncle. Là-bas, je ne peux pas me montrer. Dans toute la ville, il n'y a pas un seul parc avec des bancs. Je n'ai pas de voiture non plus. D'ailleurs, si j'avais une voiture, j'aurais aussi de l'argent et je pourrais me marier.

De l'argent, vous ne soufflez mot. Vous parlez seulement de l'amour. Mais trop souvent, comme dans mon cas, l'argent et l'amour marchent de pair. Seul celui qui a de l'argent peut se marier.

Ce qu'il me faut, c'est de l'argent. Et de l'argent, j'en aurai seulement si je travaille. J'étais maître d'école dans une école de l'Eglise. L'Eglise m'a mis à la porte.

D'ailleurs si Christ est la tête et l'Eglise son corps, si donc les deux ne sont qu'un — comment se peut-il que Christ me pardonne et pas l'Eglise ?

De plus : je ne peux compter que sur moi. D'autres jeunes gens ont un père ou une famille qui les soutient. Ma situation est la suivante :

Mon grand-père avait 3 fils : Tonye, Moïse et Otto. Tonye était l'aîné. Il n'était pas chrétien car il avait deux femmes. Moïse, le deuxième, était catéchiste et n'avait qu'une femme. Elle lui donna quatre enfants dont deux fils. Otto, le cadet, avait seulement une femme, Marthe, qui lui donna un fils, Jacques.

Mais voilà que Otto meurt et que Marthe devient veuve. C'est une situation atroce en Afrique. Cela est en rapport avec la dot dont Cécile dit qu'elle lui donne une « valeur ». Elle ne se rend pas compte…

Lorsqu'une femme meurt, cela n'est pas si terrible pour un homme. Il a perdu un bien. Au besoin, un bien peut être remplacé. Une veuve, par contre, est comme un bien qui a perdu son propriétaire. Elle est abandonnée, sans autorité ni secours.

Marthe était veuve avec son fils Jacques.

Normalement, Moïse en tant que frère aîné de Otto, aurait dû épouser Marthe. Mais cela n'allait pas. Il était chrétien et même catéchiste. Il ne lui était pas permis d'avoir plus d'une épouse. C'est la loi de l'Eglise qui le veut. C'est extrêmement dur. La loi de notre coutume aurait été plus clémente. Mais il était catéchiste. Il n'avait pas le droit d'être bon.

Moïse recueillit Jacques lorsqu'il eut dix ans pour lui faire suivre l'école. C'est tout ce qu'il pouvait faire. Marthe fut donnée à Tonye. Elle devint sa troisième femme. Il l'avait haïe dès le début et avec elle le christianisme. Il la négligeait, la maltraitait et la persécutait. Elle ne recevait ni vêtements ni chaussures. Elle n'avait pas de case pour se faire à manger, ni même le droit à un morceau de savon. Pourtant Tonye eut un enfant avec elle.

Cet enfant, c'est moi.

Tonye avait déjà un fils de sa seconde femme, qui était sa préférée. Moi, il ne m'a jamais reconnu comme son fils.

Seule ma mère s'occupait de moi. J'étais un enfant sale et négligé. Comme elle n'avait pas de savon pour me laver, j'eus une maladie de la peau. Ma mère pouvait à peine me vêtir et j'étais honteux d'aller ainsi à l'école. Je me suis échappé et j'ai erré jusqu'au moment où vous m'avez recueilli. A partir de là, vous connaissez mon histoire.

Comprenez-vous pourquoi je ne peux rien attendre de ma famille ? Pour mon père, je n'existe même pas, et à plus forte raison parce que je suis chrétien. Mon oncle Moïse a déjà recueilli mon demi-frère Jacques et il a lui-même quatre enfants. Je n'ai que ma mère. Elle a tout juste assez pour vivre en cultivant son jardin.

Je ne peux pas non plus compter sur un héritage. Même si le fils préféré de mon père mourait, il y a Jacques qui passe avant moi ainsi que les deux fils de Moïse.

Et vous dites que je dois aller voir Cécile! Avec rien dans les mains ? Non !

Walter T. à François

Je te remercie de m'avoir conté toute ton histoire. Cela fait dix ans que nous nous connaissons. Il a fallu tout ce temps avant d'en venir là. Pourquoi ?

Ta lettre m'a montré que nous autres missionnaires, nous sommes de bien pauvres messagers de Dieu. Lors-que tu es venu me voir il y a dix ans, tu m'avais dit que ton père ne s'occupait ni de toi ni de ta mère. C'était vrai. Mais je ne me rendais pas compte de la misère et de la souffrance qui se cachaient derrière ces mots. Je te reçus à la station et ne t'interrogeai pas plus avant.

Nous faisons toujours à nouveau la même erreur : nous ne questionnons pas. Nous ne voulons pas en savoir trop long. Nous avons peur que le fardeau ne nous écrase. Nous craignons les responsabilités et préférons ne pas répondre à l'appel de notre frère.

Un missionnaire pense trop facilement en avoir assez fait en entreprenant le long voyage d'Afrique. Certes, nous vous rencontrons tous les jours au culte ou à l'école et pourtant nous sommes beaucoup trop loin de chacun de vous.

Nous sommes trop paresseux : au lieu de nous mettre à votre place et de tâcher de voir les choses de votre point de vue, nous fermons les yeux et nous fournissons des règles fixes.

Nous agissons comme un homme qui tirerait les yeux fermés, sans savoir sur qui il envoie sa balle et s'il a atteint quelqu'un. Peut-être est-ce une mère avec son enfant. Il ne veut pas le savoir.

Christ doit avoir honte de ses missionnaires ! En lisant ta lettre j'avais honte de moi et, devant Christ, j'ai eu honte de toute la mission.

Nous manquons d'amour et même d'imagination. En voilà un qui va devenir catéchiste parce qu'il n'a qu'une femme. Mais son frère, le bon samaritain, ira au diable parce qu'il est bigame.

En fait, il n'y a pas de solution qui s'applique à tous. On ne peut pas dire : ceci est juste pour tous et cela est faux pour tous. L'amour ne connaît pas la paresse. Nous devons prendre la peine de chercher dans chaque cas une solution nouvelle qui soit conforme à la volonté de Dieu ; c'est là le travail difficile de l'amour.

Je te demande pardon de m'être soustrait à ma tâche en ne m'intéressant pas assez à toi pour t'interroger davantage.

Ta lettre jette une lumière nouvelle sur deux points qui m'ont frappé à nouveau :

Tout d'abord : la polygamie n'est pas une solution, et tu le sais mieux que moi car tu en as souffert.

Tu m'as demandé une fois si un homme pouvait aimer plusieurs femmes à la fois. Tu vois toi-même que ce n'est pas possible : ou bien il n'y a aucune relation entre lui et sa femme, ou bien il a une favorite. De toute façon, il en résulte la misère et le néant, la jalousie et la haine. La Bible en témoigne clairement lorsqu'elle décrit des situations de polygamie.

Suppose que le fils préféré de ton père vienne à mourir ! Quelle dispute pour l'héritage en résulterait ! Qui pourrait démêler le nœud du légitime et de l'illégitime ! La magie ne manquerait pas de s'en mêler et ce serait une belle lutte — entre frères germains, frères consanguins et frères utérins ! Ne le souhaitons pas.

La deuxième chose qui m'a impressionné dans ta lettre est la suivante : malgré la confusion au sein de ta famille et malgré les erreurs de la mission, Dieu t'a guidé, il t'a pris par la main pour poursuivre son plan de salut. Envers et contre tout, il t'a choisi et appelé dans son royaume.

Dieu était présent. Il l'était dans la souffrance de ta mère et dans le rejet de ton père.

Il nous a réunis. Il t'a donné la foi. Malgré ta désobéissance et mon infidélité, il t'a conduit auprès de Cécile. Voilà le travail du Dieu vivant ! Il n'était pas paresseux, lui. Quand tous sont infidèles, lui demeure fidèle.

Tu dis que ma lettre n'a pas été suffisamment pratique. Je ne peux pas te montrer davantage que ce que Dieu me montre pour toi. Souvent Dieu ne nous montre pas la solution. Il nous indique seulement le premier pas à faire.

Au psaume 119 il est dit : « Ta parole est une lampe à mes pieds et une lumière sur mon sentier. » Dieu ne nous promet pas un phare qui éclaire toute la route. Il nous promet une lampe, tout juste à nos pieds. Elle n'éclaire pas bien loin, tout juste un tout petit bout. Chaque chemin commence par un premier pas.

Ton premier pas, c'est de trouver du travail. Je suis heureux de savoir que tu y penses toi-même. Je te conseille de faire une visite au pasteur Amos et de le prier de te reprendre. Je lui écrirai aussi pour lui demander s'il peut parler au père de Cécile. Est-ce suffisamment pratique à tes yeux ?

Et une fois de plus : il te faut absolument parler avec Cécile. Ne te fais pas de souci pour le rendez-vous. Une femme pense avec son cœur et non avec sa tête. Même dans les choses pratiques, elle a plus d'imagination que l'homme. Tu peux compter sur Cécile. La fantaisie est enfant de l'amour.

B…, le 20 août

Walter T. à Cécile

…François m'écrit de nouveau. Il a été possible de le tirer de sa cachette ! C'est votre œuvre, c'est le résultat de votre bonne lettre.

Maintenant, il faut vous tenir prête. Il se peut qu'il vous attende à la sortie de l'école dès que les classes auront repris. Réfléchissez pour savoir où vous pourrez aller ensemble pour parler tranquillement…

B…, le 29 août

Walter T. au pasteur Amos

Je vous écris aujourd'hui au sujet de François. Vous connaissez son histoire. Je l'ai baptisé. Vous l'avez confirmé. Il devint maître d'école et je crois savoir que durant trois ans il a fait du bon travail.

Puis il eut des relations avec une fille. Le cas vint aux oreilles des écoliers qui le dénoncèrent. Personnellement, j'ai l'impression que c'était un coup monté. En conséquence, il fut renvoyé et privé de la sainte cène pour six mois.

J'eus alors une correspondance suivie avec lui. Je joins quelques-unes de mes lettres pour que vous puissiez voir de quoi il s'agit. Cela aboutit à une première conversation, à une cure d'âme et à une confession complète et sans restriction.

Je ne peux pas en dire plus, étant lié par le secret de la confession qui est absolu, mais en tant que pasteur, je puis affirmer qu'il manifesta un repentir sincère, accueillit le pardon de Christ et essaya un nouveau départ.

C'est ici que nous devons le soutenir. Vous savez que les assauts contre la foi sont particulièrement redoutables dans un tournant de 180 °, surtout quand ce tournant est authentique. Le démon attaque avec vigueur particulièrement ceux qui ont pris une décision au plus profond de leur cœur. C'est pourquoi nous devons avoir pour François des sentiments fraternels qui l'accompagneront dans les premiers pas de sa nouvelle vie.

Tout d'abord je vous prie de bien vouloir lui permettre immédiatement de participer à la sainte cène. Autant que je sache, le Nouveau Testament exclut du sacrement seulement ceux qui, malgré une mise en garde répétée, s'endurcissent ouvertement dans le péché. Je ne trouve pas un seul cas où celui qui regrette et confesse son péché ait à subir la discipline ecclésiastique.

Bien au contraire : en tant que pasteur de François, je l'encouragerais à communier dès que l'occasion s'en présentera. Peut-être est-ce maintenant, après sa déroute, qu'il comprendra pour la première fois la sainte cène dans toute sa profondeur, reconnaissant ce qu'elle est : la communion de Jésus avec le pécheur.

Si nous excluons les pécheurs repentants de la sainte cène, elle deviendra exactement le contraire de ce qu'elle est : elle sera une procession de justes qui, par leur participation, proclament qu'ils sont sans péchés ou, plus probablement, qu'ils n'ont simplement pas été pris en flagrant délit…

Lorsque le fils prodigue (Luc 15 : 11-32) revint à la maison après sa vie de débauche, son père ne le fit pas attendre six mois dans une chambre retirée pour vérifier si son repentir était sincère, mais il le prit dans ses bras, l'accueillit comme son fils et en signe de pardon, mangea avec lui.

Ce fut justement de voir Jésus manger avec les pécheurs qui causa le dépit des autorités religieuses d'autrefois. C'était à leurs yeux un blasphème contre Dieu. C'est pourquoi il a été crucifié. Parfois, je me demande si nous ne ressentons pas le même dépit ? Ne crucifions-nous pas Jésus de nouveau lorsque nous refusons aux pécheurs de s'asseoir à table avec lui ?

A François, cela pose vraiment un problème. Il m'écrit : Christ m'a pardonné, mais pas l'Eglise. Jésus-Christ et l'Eglise, ce n'est donc pas la même chose ?

Pour cette raison, j'aimerais vous demander en même temps s'il n'y a pas moyen de réintégrer François dans ses fonctions de maître d'école. Ce serait un signe visible que l'Eglise n'impose pas une loi, mais annonce une bonne nouvelle, qu'elle ne punit pas, mais pardonne.

Ma requête a encore un motif précis : François a fait la connaissance d'une jeune fille. J'ai l'impression qu'ils s'aiment et qu'ils sont destinés l'un à l'autre. Mais il y a la question du montant de la dot.

Elle semble se poser d'une façon particulièrement pénible pour François qui n'a pas de famille pour l'aider. Vous connaissez la situation. Cependant le père de la jeune fille demande pour l'immédiat 100.000 frs et, d'après François, cette somme ne serait qu'un premier versement.

Ne pourriez-vous pas visiter cette famille à l'occasion ? En tant qu'Africain, vous arriverez certainement plus loin dans sa confiance que moi et vous pourrez mieux juger ce qu'il convient de faire.

En tout cas, je vous prie instamment de me donner en toute franchise vos impressions et votre avis.

E..., le 16 septembre
François à Walter T.

Nous nous sommes revus.

C'est comme lorsque je l'ai rencontrée pour la première fois. Tout est changé.

Depuis des semaines j'habitais chez ma mère, dans ce petit village éloigné. Tous les jours je restais pendant des heures assis dans la pénombre de la case. Mes pensées tournaient en rond le long des murs. Je fixais les images que j'avais découpées dans des revues et collées aux murs, comme si elles pouvaient me parler et me donner un conseil. Mais elles s'enfermaient dans leur silence. A la fin je ne pouvais plus les supporter. J'étais prisonnier de ma propre prison.

Et maintenant les murs sont tombés. La liberté est partout. Des chemins s'ouvrent partout. Et pourtant rien n'est changé extérieurement. Je suis aussi pauvre qu'avant. Une seule chose s'est passée : nous nous sommes revus.

Un camarade m'a emmené en voiture. Il devait être de retour le même soir. Je n'avais que deux ou trois heures.

Je l'ai attendue à la sortie de l'école. Les écoliers et écolières sortaient à flot. Cécile n'était pas parmi eux. Ce furent des instants terribles.

Enfin elle arriva, la dernière. Elle m'avait certainement aperçu et attendu que tous les autres soient partis. Elle me tendit la main sans me regarder. Le bras étendu, je ne touchais que le bout de ses doigts, d'une façon aussi indifférente que possible, sans chaleur, comme si nous nous saluions tous les jours.

Puis elle dit, comme si elle m'avait attendu : « Il y a deux possibilités : nous pouvons aller à 'L'Ane rouge' ou à la cathédrale catholique. Elle est toujours ouverte. »

Je choisis la cathédrale catholique car j'étais sans argent pour aller dans un restaurant. C'était à une demi-heure de marche. Je courus en avant ; elle me suivait à distance. Personne ne pouvait se douter que nous étions ensemble. Jamais cela ne me serait venu à l'esprit d'aller avec elle à la cathédrale catholique. En effet, elle était ouverte. Je me demande pourquoi les églises protestantes sont toujours fermées.

Nous sommes donc entrés et nous nous sommes assis sur un banc derrière. On ne se touchait pas et on ne se regardait pas. Chacun regardait devant soi.

Maintenant vous voulez savoir ce qu'on a dit. Je suis même incapable de vous le dire. On n'a presque pas parlé. C'était complètement différent de ce que j'avais pensé. Elle a dit : « Je suis contente que tu sois venu ! » J'ai répondu : « Je te remercie de ta lettre ! »

En fait, je voulais lui dire autre chose, lui faire des reproches et me défendre. Mais sa présence avait tout balayé, comme un coup de vent.

Nous sommes restés silencieux. Je ne sais pas combien de temps — le temps s'envolait. Mais comprenez-moi bien : ce n'était pas un silence boudeur. On était silencieux ensemble. Je voudrais presque dire : on entendait le silence nous unir.

Autrefois, je disais très facilement à une fille : « Je t'aime » — et je voulais simplement la posséder et m'amuser avec elle. Maintenant, pour la première fois que j'aurais eu le droit de le dire, je n'y arrivais pas. Il me semblait que le mot était trop petit, trop défini pour ce qui était dans mon cœur.

Nous ne parlions pas et pourtant nous parlions. Sans dire un mot, nous savions tous deux que nous nous aimions. Cette certitude s'empara de nous et s'enracina au plus profond de nous-mêmes comme une douleur suave et une joie rayonnante.

Ce fut le plus bel instant de ma vie. Personne ne devrait prononcer ce mot « amour » s'il n'a pas vécu un pareil moment. C'était comme si nous nous étions connus depuis longtemps, comme si nous nous appartenions depuis toujours. Nous avions l'impression d'être une seule et même personne : elle, une partie de moi-même, et moi, une partie d'elle-même.

Soudain je compris : rien ne pouvait plus nous séparer, que ce soit la loi ou la coutume, le père ou l'argent, l'Etat ou l'Eglise.

Alors je m'aperçus que nous étions dans une église. Je pensais : nous voici tous deux devant Dieu, nous promettant l'un à l'autre pour la vie. Ma main saisit la sienne et longtemps elles restèrent fortement et tranquillement l'une dans l'autre.

Maintenant je voudrais savoir, que faut-il de plus ? Ne sommes-nous pas mariés ? Quand commence le mariage ? Est-ce seulement à la mairie ou à l'église ? Ne commence-t-il pas aux fiançailles lorsque l'un promet à l'autre : je veux t'aimer pour la vie ? Nous avons fait cette promesse, même devant Dieu. Notre union conjugale n'a-t-elle pas commencé ?

Je ne sais plus très bien comment nous nous sommes quittés. J'étais comme dans un rêve. Elle m'a supplié de revenir bientôt et j'ai dit que je cherchais du travail. Alors nous avons quitté l'église, l'un après l'autre et nous sommes allés chacun dans une autre direction.

Y..., le 16 septembre

Cécile à François

...Je n'ai pas pu dormir de toute la nuit et j'ai pleuré. Je me fais des reproches de ne pas avoir parlé avec toi. Mon cœur débordait. Je voulais te dire tant de choses et je ne pouvais pas. Peut-être penses-tu maintenant que tu m'es indifférent.

Je t'en prie, essaye de comprendre. Si je n'ai pas parlé c'est parce que j'étais tellement heureuse que tu sois venu. Je n'ai personne d'autre que toi.

E..., le 18 septembre

François à Cécile

Ne pleure pas, Cécile, je t'en prie, ne pleure pas. Je t'ai comprise, très profondément comprise. Non, il ne faut pas avoir peur. Il ne faut jamais avoir peur lorsque je suis auprès de toi.

Tout est de ma faute. J'aurais dû parler, te demander n'importe quoi, mais, moi non plus, je ne pouvais pas.

J'étais tellement étonné : la manière si naturelle dont tu m'as salué et aussi le fait que tu avais tout prévu…

Et puis tu étais assise à côté de moi, comme si tu étais là pour moi tout seul. Cela a parlé davantage que des mots.

Tu m'as transformé … J'ai de nouveau de l'espoir. Aujourd'hui j'ai aidé ma mère à faire le jardin au lieu de regarder fixement les barres de bambou du toit. Elle était tout étonnée.

B. . . ., le 19 septembre

Walter T. à François

…Alors, vous étiez à la cathédrale catholique ! Je te disais bien que Cécile aurait une idée. C'est tout de même difficile en Afrique lorsqu'un jeune homme veut rencontrer une jeune fille. Il faudrait que l'Eglise aussi ait une fois une idée.

Je suis reconnaissant que vous ayez pu vivre un tel moment et je me rends bien compte de tout ce qui a dû traverser vos cœurs. Sais-tu qu'il y a des Blancs qui prétendent que les Africains ne savent pas aimer ?

Tes questions sont difficiles. Tu as vraiment le don de poser de vraies questions. Elles deviennent de plus en plus compliquées et il me faut réfléchir toujours davantage avant d'y répondre.

Quand commence le mariage ? La Bible dit que c'est un mystère. On ne peut pas expliquer un mystère. On peut seulement essayer de l'approfondir. Jamais on n'arrive au bout. Ce commencement appartient aussi au mystère.

Tu écris : « Nous avions l'impression d'être une seule et même personne. » Quand la personne commence-t-elle à être ? Officiellement, une personne existe seulement à partir de sa naissance. Mais la vie se manifeste déjà avant. Quand commence la vie ? La biologie dit que la vie commence au moment de la conception. Mais personne ne peut constater le moment précis où elle a lieu. Cela reste caché.

A partir de ce moment, une nouvelle vie a commencé, un nouvel être existe. Et pourtant il n'est pas encore là. Il est dans un stade intermédiaire quand la mère le porte sous son cœur. Tout ce que l'on peut dire, c'est que le nouvel être est en route.

Ceci est une parabole qui illustre les fiançailles et le mariage. Oui : votre vie commune a commencé. Était-ce seulement à partir de cet instant dans l'église ? N'est-ce pas avant déjà ? Commença-t-elle dès votre rencontre dans l'autocar ? Ou peut-être dans les premières semaines, dans l'ardeur de votre correspondance ? Qui peut le dire ? Cela restera un mystère.

A partir de maintenant cet être mystérieux, ce fait vivant de vouloir être ensemble, est en route.

Mais ce cheminement nécessite du temps. Cet être nouveau a besoin de grandir, comme un enfant sous le cœur de sa mère. Croître lentement ensemble, c'est là le sens des fiançailles. Tout ce que vous vivez contribue à cette croissance, le beau et le difficile, la joie du revoir et la souffrance de la séparation, la parole et le silence, la rédaction d'une lettre et l'attente de la réponse, l'espoir et la déception et même les obstacles et les difficultés. Tout cela fait croître et mûrir le nouvel être que vous devenez.

Mais cette croissance est cachée. Personne ne le sait, sauf vous deux et Dieu — et les quelques personnes à qui vous vous êtes confiés.

Aussi votre mariage est déjà commencé et pourtant il n'est pas encore accompli. Il est comme le petit être dans le sein de sa mère entre la fécondation et la naissance. Votre mariage est en devenir.

Le jour des noces sera le jour de naissance de votre mariage. Le nouvel être vient au monde. Chacun pourra le voir. On prépare alors une fête. Tous en auront connaissance. — Dans les fiançailles, vous vous dites mutuellement : nous voulons examiner si nous sommes faits l'un pour l'autre. Le jour des noces, vous dites officiellement : nous nous sommes éprouvés l'un l'autre et cet examen est positif.

Evidemment, le mariage ne se fait pas par un certificat de mariage, tout comme pour l'enfant qui n'existe pas à partir d'un certificat de naissance. Et pourtant il ne faut pas sous-estimer ces choses. Le mariage n'est pas seulement une affaire privée. Le côté officiel et administratif en fait partie. Le mariage acquiert sa plénitude quand tout le monde le voit. A partir de ce moment, la loi le protège. Luther a dit une fois qu'« un mariage secret n'est pas un mariage ». C'est un fait que de tout temps et dans tous les peuples, le mariage donne lieu à une fête.

Tu peux être assuré que je désire ardemment célébrer avec vous la venue au monde de votre couple. Je suis prêt à faire tout ce que je peux pour qu'il ait lieu bientôt. C'est pourquoi j'ai écrit dernièrement au pasteur Amos. Mais il ne m'a pas encore répondu.

O…, le 20 septembre

Pasteur Amos à Walter T.

Votre lettre m'a étonné à bien des égards. C'est pourtant la mission qui a introduit la discipline d'Eglise chez nous en Afrique, bien qu'on ne la pratique pas dans les Eglises d'Europe ou d'Amérique.

Tant que la mission la pratiquait, personne ne s'est élevé contre elle. Maintenant que les pasteurs africains la pratiquent, vous nous critiquez. Et pourtant nous faisons seulement ce que vous nous avez appris.

François serait-il venu chez vous pour confesser ses fautes s'il n'avait pas été dénoncé ? S'il avait agi en sorte que cette affaire n'ait été connue que de lui et de la fille, peut-être que je vous aurais donné raison.

Mais il s'est seulement « repenti » lorsqu'il a été pris. C'est pourquoi il nous faut examiner si son repentir est sincère. L'exclusion de la cène durant six mois est donc un temps d'épreuve et non pas un signe que le pardon ne lui a pas été accordé.

D'autre part, c'est un avertissement pour tous les autres membres de la communauté. Ils peuvent y puiser des forces pour résister à la tentation. Si je n'avais pas mis François sous discipline, beaucoup d'autres seraient induits en tentation par ma faute.

Je n'en ai pas le droit. Je suis responsable de la pureté de l'Eglise. Car il est dit : « C'est pourquoi celui qui mangera le pain ou boira la coupe du Seigneur indignement, sera coupable envers le corps et le sang du Seigneur. » (I Cor. 11 : 27.) Le péché ne menace pas seulement la vie d'un seul, mais celle de toute la communauté.

C'est pourquoi l'Eglise doit punir le péché aux yeux de toute la communauté. Dieu punit aussi le péché dans la Bible. David fut puni après avoir commis l'adultère avec la femme d'Urie ; son fils mourut (II Samuel 12 : 18). Ananias et Saphira tombèrent et expirèrent à cause d'un mensonge (Actes 5 : 1-11).

Je connais nos jeunes gens mieux que vous. Il leur est facile de reconnaître leurs erreurs quand cela leur évite la punition. Ce que vous faites est très dangereux. Si le pardon est donné si facilement, qu'il suffit de venir vous voir et de se repentir pour que tout soit bien, alors, au lieu de se détourner du péché et de lutter contre lui, la tentation de pécher surgit à nouveau.

De plus la punition conduit à la vraie repentance. Si nous n'avions pas puni François, il ne se serait jamais repenti de son acte.

Pour ces raisons, je ne peux pas tout de suite le reprendre comme maître d'école. Ce cas est connu de tous : maîtres et élèves. S'il n'avait pas été renvoyé, la discipline de l'école en aurait été ébranlée.

A l'origine, l'adultère était rare dans la société africaine, car il était sévèrement puni, parfois par la mort. Les missionnaires en ont fait un péché capital sinon le seul péché.

Par-là, ils l'ont rendu attrayant. D'autre part ils nous interdisent de punir. Que devons-nous faire ?

Cependant je serais heureux de donner suite à votre demande et de visiter la famille de Cécile, bien que je connaisse les arguments que le père développera pour se défendre. J'aimerais encore mieux que François m'accompagne. Veuillez être assez aimable de lui écrire qu'il me rende une visite.

Y..., le 22 septembre

Cécile à François

Ta lettre m'a consolée. Je suis contente que tu ne sois pas fâché. Je voulais déjà t'écrire il y a quelques jours, mais nous avons trop de devoirs pour l'école.

J'ai une heureuse nouvelle à t'annoncer. Ma camarade Berthe a un oncle au ministère de l'Education nationale. Elle dit qu'il veut te faire entrer comme instituteur dans une école publique de Y.

Je t'en prie, accepte cette place. Tu pourras gagner un peu d'argent et nous pourrons nous voir tous les jours…

E..., le 24 septembre

François à Walter T.

Merci de votre lettre du 10 septembre. Il me faudra encore méditer tout cela un peu plus longtemps. La comparaison entre le temps du mariage et celui de la grossesse est intéressante. Seulement, lorsqu'un enfant est conçu, on peut à peu près calculer la date de la naissance. Moi, je ne peux pas prévoir la date de mon mariage. Cela rend l'attente si difficile.

Votre lettre est arrivée en même temps que celle de Cécile. Je la joins. Qu'en dites-vous ? Est-ce que je peux enseigner dans une école publique en tant que chrétien ? Croyez-vous qu'il soit bon d'être tous deux dans la même ville ? Je brûle d'être auprès d'elle. Et pourtant je me rends compte maintenant déjà que les lettres de Cécile vont me manquer.

B..., le 27 septembre

Walter T. à François

Bien sûr que tu peux enseigner dans une école publique, tout chrétien que tu es.

Si l'Eglise te reprenait, il te faudrait l'accepter. Mais le pasteur Amos m'a écrit que, vu les circonstances, il ne lui est pas possible de le faire déjà maintenant. Nous devons reconnaître ses raisons. Lui aussi prend sa décision devant Dieu.

Cela veut dire pour toi que tu as le champ libre. Dieu nous conduit pas à pas, de même qu'il nous donne notre pain quotidien et non pas une quantité de nourriture qui suffirait pour toute notre vie.

Voici mon conseil : accepte cette place à Y. Peut-être que ton témoignage sera encore plus efficace si tu vis parmi des non-chrétiens. Veille à ta conduite et sois vigilant.

Ce sera aussi bon pour votre mariage futur si vous vous voyez plus souvent. Je t'ai déjà dit que le temps des fiançailles est un temps d'épreuve. Non pas que tu doives éprouver Cécile et vice versa, mais vous examinerez en commun si vous pouvez devenir un devant Dieu.

Les lettres sont très utiles dans ce cas, parce que l'on peut écrire beaucoup plus qu'on ne peut dire. Mais on ne peut pas se connaître entièrement par correspondance. Il faut vous rencontrer dans toutes les situations, de bonne humeur et de mauvaise humeur. Il vous faut la conversation pour vous découvrir.

Le silence est une partie de la conversation. Vous en avez fait l'expérience. Mais ce n'en est qu'une partie. Il vous faut maintenant trouver les mots. Il vous faut essayer de voir si vous pouvez vous parler et vous écouter l'un l'autre. Un mariage silencieux est comme une plante sans suc qui finit par se dessécher un jour.

Ce n'est pas nécessaire que vous soyez d'accord sur tout. Mais vous devez vous aimer à tel point que vous respectiez l'avis de l'autre.

Il y a une chose qui va être difficile, si vous vous rencontrez tous les jours : de garder les limites et de résister à la tentation.

Si vous êtes ensemble, alors pense à ta mère qui était aussi une fois une jeune fille.

Souviens-toi de ce que je t'ai écrit au début de l'année, qu'on devient un homme en sachant se maîtriser. La maîtrise de soi est décisive pour le bonheur de la vie conjugale. Mais on peut seulement se maîtriser dans le mariage, si on s'y est exercé avant le mariage.

Encore une chose. Le pasteur Amos m'a écrit. Il ira visiter le père de Cécile et il tient à ce que tu l'accompagnes. Passe le voir, s'il te plaît, en allant à Y. pour fixer un rendez-vous. Ce jour-là, je penserai tout particulièrement à vous.

Walter T. au pasteur Amos

Votre lettre, cher frère Amos, est très objective, presque froide. Je constate par-là que ma lettre du 29 août vous a affecté et je me rends compte combien il a dû vous en coûter de me répondre.

Je vous suis d'autant plus reconnaissant d'avoir répondu d'une manière aussi franche et ouverte.

Oui, nous les missionnaires, nous avons fait des erreurs. Nous devons nous humilier de nos fautes. J'ai écrit la même chose à François chez qui la Mission a tissé un canevas d'erreurs tout au long de sa vie.

Ce miracle, c'est que Dieu, malgré nos erreurs, a construit une Eglise. A lui seul soit la gloire.

Je ne veux pas me défendre, il ne s'agit pas de moi. Il s'agit de François et de beaucoup d'autres qui sont dans le même cas. A cause d'eux, nous devons chercher quelle est la volonté de Dieu. Je vous en prie, comprenez bien que c'est uniquement ce souci-là qui m'incite à vous poser des questions à propos de votre lettre.

Y a-t-il un moyen humain qui permette d'examiner la sincérité du repentir ? Est-ce une preuve de repentir sincère si un homme s'abstient pendant un certain temps d'un péché particulier ? Dieu n'est-il pas seul à pouvoir sonder nos cœurs ?

Vous citez I Cor. 11. Dans ce passage il est dit : « Que chacun donc s'éprouve soi-même. » N'est-ce pas justement le contraire de la pratique des Eglises africaines où le pasteur et les anciens examinent les membres de la communauté ? Mais alors, pourquoi les pasteurs et les missionnaires ne sont-ils jamais examinés à leur tour ?

En fait, qui est « digne » ? Le suis-je ? L'êtes-vous ? Si seuls ceux qui en sont dignes peuvent prendre la cène, qui le pourra ?

Sont dignes ceux qui, précisément, ont conscience de leur in-
dignité !

Et justement François en a conscience plus que jamais.
C'est pour cela qu'il cherche et qu'il a besoin de la communion
avec Jésus. Pouvons-nous, nous hommes, nous placer entre lui
et son Seigneur ? Pouvons-nous lui refuser ce que Christ veut
lui donner ?

Oui, je vous l'accorde : Dieu punit. Mais dans tous les
exemples que vous donnez, c'est toujours Dieu qui punit et
non pas les hommes ou l'Eglise. Nathan, le pasteur de David,
ne punit pas David. De plus, il ne faut pas oublier que David
vécut avant que Christ ne mourût sur la croix. Nous qui vivons
après Christ, avons la promesse d'Ésaïe 53 : 5 : « Il était blessé
pour nos péchés, brisé pour nos iniquités ; le châtiment qui
nous donne la paix est tombé sur lui, et c'est par ses meurtris-
sures que nous sommes guéris. » En souffrant pour nous,
Christ a pris sur lui la punition que nous avons méritée. C'est
pourquoi nous sommes libres lorsque nous reconnaissons nos
fautes et vivons par la foi.

N'est-ce pas la bonne nouvelle que Dieu a chargé son Eglise
de proclamer : l'offre libre et gratuite de la grâce ? La grâce que
Dieu donne n'est pas bon marché. Elle a été payée d'un grand
prix. Elle a coûté la vie du Christ. Mais voilà l'incompréhen-
sible : cette grâce si précieuse est gratuitement offerte.

Vous dites que c'est dangereux. On peut en abuser certes.
Vous avez tout à fait raison. En fait on en abuse souvent. Mais
c'est Dieu qui court ce risque, pas nous. Si donc Dieu accepte
le risque, devons-nous mettre des murs de protection autour
de on libre don par la discipline d'Eglise ?

Cher frère Amos, cela nous pose une sérieuse question à
nous autres pasteurs : la discipline ecclésiastique ne dissimule-
t-elle pas la petitesse de notre foi ? N'est-il pas possible de faire
confiance à Dieu pour qu'il garde son Eglise pure et sans
tache ? Croyez-vous qu'il faudrait encore ajouter quelque

chose de notre part ? Sommes-nous vraiment responsables de la pureté de l'Eglise ? Notre devoir n'est-il pas plutôt de proclamer purement l'Evangile, c'est-à-dire la grâce sans condition offerte par Dieu ? Si nous sommes obéissants à Dieu dans cette tâche, il saura bien faire le reste !

La preuve en est l'exemple d'Ananias et de Saphira que vous citez. Ils n'avouèrent pas. Ils mentirent. Alors ils tombèrent raides morts. Oui, Dieu peut être aussi dur que ça. Mais encore une fois : ce n'est pas Pierre qui l'a fait. Dieu agit lui-même. Et il agit encore au jourd'hui.

Croyons-nous cela ? Lui faisons-nous confiance ?

Et encore une dernière question : croyez-vous vraiment qu'il soit si simple et qu'il en coûte si peu de confesser ses péchés ? Souvent ce sont ceux qui ne l'ont jamais fait qui avancent un tel argument. Pour moi, ce fut la chose la plus difficile au monde. Pour François aussi, ce fut un rude combat contre lui-même. Je suis prêt à en témoigner. Un pasteur sent ces choses-là.

En revanche, je comprends bien ce que vous dites au sujet de la discipline de l'école. Après tout, l'école n'est pas l'Eglise. Il n'est certes pas souhaitable que François revienne dans la même école. Mais peut-être qu'on pourra trouver une autre solution.

J'ai écrit à François d'aller vous voir, et je vous remercie vivement de votre proposition de rendre visite avec lui au père de Cécile. Que Dieu vous inspire au cours de cette entrevue. Je serai avec vous en pensée.

Y…, le 17 octobre

François à Walter T.

Voilà déjà deux semaines, non, presque trois, que je suis ici à Y. Comme le temps passe !

En arrivant, je suis allé voir le pasteur Amos. Il a été très aimable. J'en étais tout surpris. Demain nous irons ensemble rendre visite au père de Cécile. Mon demi-frère Jacques m'accompagnera comme représentant de notre famille. Ainsi, ce sera une visite tout à fait « officielle ».

Mais avant de partir, je veux encore rapidement vous écrire ces quelques lignes. Cécile a réussi à me trouver du travail. Chaque matin, en allant à l'école à 8 heures je pense à elle avec reconnaissance. Mais c'est l'après-midi, à 17 heures, que je lui suis le plus reconnaissant, car c'est l'heure de notre rencontre.

Cécile est géniale. Elle a toujours de nouvelles idées. Elle a emprunté deux bicyclettes. Tous les jours après l'école et jusqu'à la tombée de la nuit, nous faisons une promenade à vélo. C'est l'heure où elle doit rentrer chez son oncle.

Et voilà que nous nous « découvrons », pour employer votre vocabulaire. Une fille est comme un pays inconnu. Je vois seulement maintenant combien j'ai été aveugle autrefois lorsque je considérais les filles comme des objets utilitaires : une brosse à dents par exemple, que l'on emploie. Et je voulais en « essayer » une pour savoir ce qu'était une « femme ». Ah ! quand j'y pense !

Maintenant je ne veux plus connaître qu'une seule fille : Cécile. C'est comme si les autres n'existaient plus. En elle, je rencontre toutes les filles, toutes les femmes…

Je la laisse rouler devant moi pour pouvoir la regarder tout à mon aise. Elle coiffe ses cheveux en hauteur, ce qui dégage sa nuque. Elle a le cou long et flexible. Dernièrement, j'en ai rêvé. Lorsqu'il y a une côte et qu'elle doit faire un effort pour pédaler, son cou se balance au rythme de son corps. Je pourrais contempler des heures durant le jeu gracieux de son corps.

Descendus de bicyclette, nous nous asseyons dans l'herbe. Il n'y a pas un sujet que nous n'ayons déjà discuté. Elle a son opinion sur tout. Cela aussi je l'ignorais autrefois, qu'une fille puisse avoir un avis personnel.

Ce qu'elle dit importe moins que le fait qu'elle dit quelque chose et la manière dont elle le dit. Alors, je n'entends plus que le son de sa voix et je contemple ses mains et ses yeux.

Alors je voudrais la toucher. Vous m'avez écrit une fois : « Garde tes caresses pour ta fiancée. » Jusqu'où puis-je aller ? Vous m'avez conseillé de rester dans les limites. Mais où sont les limites ?

Et puis, je préfère vous le dire : nous nous embrassons. On en arrive toujours là. Evidemment pas tout de suite. D'abord nous sommes comme des étrangers l'un pour l'autre. Chaque fois, il faut commencer par nous retrouver. Mais, alors que nous parlons, nos mains se cherchent. Je sens bien qu'elle attend que je lui prenne la main, le bras. Elle se laisse prendre la tête pour l'appuyer sur mon épaule, tranquillement, sans résistance, avec un sourire. Puis c'est le baiser.

Est-ce aller trop loin ? Pouvons-nous le faire en tant que chrétiens ? Si les anciens de l'Eglise nous voyaient !

Je dois vous faire un aveu. Quand nous nous embrassons, le désir s'éveille en moi de la posséder toute entière. Je ne peux pas l'empêcher.

Si vous ne m'aviez pas rappelé ma mère et si Cécile ne m'avait écrit : « Je t'ai aimé davantage encore durant cette nuit parce que tu n'as pas essayé de venir vers moi » je ne sais pas ce qui se serait déjà passé.

Lorsque je me suis donné à Christ durant cette nuit où j'étais chez vous, je croyais être libéré. Vous disiez : « Christ, ce n'est pas rien. C'est une puissance. Par sa puissance tu peux vaincre. »

D'abord il semblait que c'était vrai. Mais je vois maintenant qu'il n'en est rien. Ce désir est plus grand que jamais. Ma foi ne m'aide pas. Christ n'écoute pas ma prière. Elle se perd dans le vide. Ce désir est plus fort que Christ. Pourquoi Christ ne peut-il faire que je sois débarrassé du désir une fois pour toutes ?

L'expérience de l'amour détruit ma foi. Ou peut-être, celui qui croit, doit-il fuir l'amour ?

Il y a des moments où j'ai peur. Peur de moi. Peur de la bête qui sommeille en moi. Comprenez-vous ? Cette lettre crie au secours.

Demain je partirai. Lorsque je reviendrai après deux ou trois jours, il faut que je trouve une lettre de vous. Autrement un malheur pourrait arriver.

B..., le 18 octobre

Walter T. à François

...Il est près de minuit. Mais je veux tout de suite répondre à ta lettre.

Tu dis que Christ n'a pas exaucé ta prière. Je me demande quelle a été ta prière ? Qu'il te délivre de ta sexualité ? Que veux-tu donc ? Être asexué ? Ne plus ressentir de désir ?

Cela n'existe pas. Ce que l'on fait, on le fait en tant qu'homme ou femme. Ta sexualité est dans tes heures de veille et de sommeil. Quand tu travailles et quand tu t'amuses, elle joue son rôle déterminant. Elle est présente jusque dans tes sentiments les plus sacrés et tes prières les plus pures.

Si tu crois en Christ, tu sais que ton corps est devenu le temple du Saint-Esprit. Si tu demandes la mutilation du temple, alors Christ ne t'entendra pas.

Christ te rend capable de vivre avec ta sexualité.

Celui qui croit, doit-il fuir l'amour ? demandes-tu. Je sais qu'il existe un grand nombre de chrétiens qui se retirent et vivent repliés sur eux-mêmes. Ils s'écartent du sexe opposé et pensent par-là prouver qu'ils sont des chrétiens adultes et délivrés.

Ils se trompent. Qui croit, ne fuit pas.

Christ ne s'est pas enfui. Il est venu dans ce monde. Il était jeune homme. Il a été en contact avec des mains de femmes, des baisers de femmes et des larmes de femmes.

Il vint au chevet d'une malade, il prit une fillette par la main. Une femme toucha son vêtement. Deux femmes qu'il aimait sont appelées par leur nom : Marthe et Marie. Il s'est trouvé seul avec des femmes et leur a adressé la parole, l'une sur la margelle d'un puits, l'autre en écrivant sur le sable.

La « pécheresse » qui lui embrassa les pieds était une femme passionnée. Elle suscita l'animosité des témoins présents. Il prit sa défense. Ses interactions avec les gens étaient libres et dégagées.

Il est le seul qui ait tout surmonté. Surmonter signifie être sur le chemin de la domination de soi. Voilà où il veut te conduire, non à la fuite.

Tu ne peux pas fuir ta sexualité ; car elle est toi-même. Elle t'appartient.

Laisse-moi te raconter une histoire.

Il y avait une fois un tigre, que l'on avait capturé et enfermé dans une cage. Un gardien avait la tâche de le nourrir et de le surveiller.

Le gardien voulait se lier d'amitié avec le tigre et lui faisait de beaux discours lorsqu'il approchait de la cage. Mais le tigre aux yeux verts et lumineux le regardait d'un air hostile. Il suivait chaque mouvement du gardien, prêt à bondir sur lui.

Alors le gardien eut peur du tigre et demanda à Dieu de bien vouloir l'apprivoiser.

Un soir, alors que le gardien dormait déjà, une fillette qui s'était perdue, s'approcha tout près des barreaux de la cage. Le tigre la saisit de ses griffes. Un coup, un cri. Lorsque le gardien apparut, il ne trouva que chair déchirée et sang.

Alors le gardien sut que Dieu n'avait pas apprivoisé le tigre. Sa peur grandit. Il enferma le tigre dans un cachot que personne ne pouvait approcher.

Mais le tigre rugissait jour et nuit. Ce rugissement empêchait le gardien de dormir. Cela lui rappelait sa faute. Dans ses rêves, il revoyait l'enfant déchirée. Alors il cria aussi d'angoisse. Il supplia Dieu de faire mourir le tigre. Dieu répondit. Mais la réponse fut autre que ce qu'avait espéré le gardien. Dieu dit : « Fais entrer le tigre dans ta maison, dans ton logis, dans ta plus belle pièce. »

Le gardien ne craignait plus la mort. Il préférait mourir plutôt que d'entendre encore les rugissements. Il obéit. Il ouvrit la porte au tigre et pria : « Que ta volonté soit faite. »

Le tigre entra et se tint tranquille. Ils se regardèrent longtemps dans les yeux. Lorsque le tigre remarqua que le gardien était sans crainte et qu'il respirait normalement, il se coucha à ses pieds.

Tout commença ainsi. Mais la nuit le tigre rugit à nouveau et le gardien eut peur. Il fallait à nouveau qu'il le laissât entrer, pour lui faire face. A nouveau il lui fallait le regarder dans les yeux. Toujours à nouveau. Chaque jour.

Jamais il ne l'avait définitivement en son pouvoir, « une fois pour toutes ». Toujours il fallait surmonter la crainte et vaincre. Tous les jours il fallait répéter l'épreuve de courage. Après des années ils devinrent bons amis, le gardien pouvait caresser le tigre, lui mettre la main entre les dents, mais il ne devait pas le quitter des yeux. Lorsqu'ils se regardaient, ils se reconnaissaient et rendaient grâce de ce qu'ils s'appartenaient, car l'un avait besoin de l'autre pour remplir sa vie.

François, tu dois apprendre à vivre avec le tigre, courageusement, les yeux dans les yeux. Par-là Christ te délivrera.

Si vous croyez en lui, vous pouvez vous caresser l'un l'autre. Il y a des chrétiens qui croient plaire davantage à Dieu en se passant de cela. C'est idiot. Seul celui qui croit pleinement, peut aimer vraiment.

Jusqu'où puis-je aller ? Jusqu'où ? Aussi loin que tu peux, mets ta main dans la gueule du tigre, si tu peux. Mais ne te surestime pas et ne brûle pas les étapes. Tu dois apprendre à sentir quand le moment est venu de tel geste, de telle caresse. Parce que beaucoup embrassent si vite et si facilement, ne va pas croire qu'il n'y faille pas des soins et de l'art.

Ne quitte pas le tigre des yeux ! Il veille. Il suit chaque mouvement et reconnaît chaque faiblesse.

François, je te mets sur un chemin dangereux. Mais je sais que tu ne peux pas flancher, pas faiblir. Encore une fois, qui croit ne fuit pas.

Je donnerai cette lettre demain matin — non ce matin, minuit est passé depuis longtemps — à un ami qui va à Y., pour qu'elle te parvienne bien vite.

O…, le 23 octobre

Pasteur Amos à Walter T.

Je viens vous raconter aujourd'hui notre visite chez le père de Cécile.

Mais tout d'abord, je tiens à vous remercier de votre lettre du 19 septembre. Cela m'a fait plaisir d'entendre de la bouche d'un Blanc, et même d'un missionnaire, que les Blancs ne sont pas infaillibles.

La phrase où vous dites que Dieu peut construire son Eglise malgré nous, même si nous avons failli, m'a beaucoup consolé.

Pour ce qui est de la discipline ecclésiastique, tout dépend pour moi de la réponse à cette question : y a-t-il un pardon sans châtiment ? Même les païens pensent que Dieu punit la transgression de ses commandements.

Alors des missionnaires sont venus qui disent : Dieu ne punit pas, Dieu pardonne. Le résultat est que là où le christianisme avance, le désordre s'étend. Ce sont les païens qui craignent Dieu, non pas les chrétiens. Ils se disent : puisque Dieu ne punit pas, je ne risque donc rien en péchant.

Que faire ? Je ne me hasarde pas à suivre votre conseil. Peut-être que la foi me manque. Peut-être que vous autres Européens avez plus de foi que nous. Vos paroisses vivent elles mieux dans l'obéissance que les nôtres ? Ou bien fermez-vous les yeux pour ne pas voir le péché ?

Lorsque quelqu'un pèche chez nous en Afrique, cela ne retombe pas seulement sur l'individu, mais sur toute la communauté. Je crois que dans ce domaine nous sommes plus proches de la Bible que vous. Vous ne vous êtes pas arrêté à cette question.

C'est ici pourtant, un point décisif pour la palabre de mariage au sujet de Cécile. Pour son père, le mariage de sa fille n'est pas seulement une affaire entre François et Cécile. Elle regarde toute la famille. Il n'est pas seul à décider du montant de la dot. Ses frères, et surtout les frères et le père de la mère de Cécile participent à la discussion. Personnellement, le père de Cécile n'a rien contre François. Il le considère comme un garçon convenable et honnête. Mais sa situation est la suivante :

Sa première femme ne lui a pas donné d'enfant. Or il lui fallait un fils. Il est persuadé qu'il doit à son père de transmettre plus loin la vie qu'il lui a donnée. Sinon sa vie n'aura eu aucun sens.

Il prend une deuxième femme. Elle lui donne Cécile, puis, à peu de temps d'intervalle, trois fils.

Ce père n'est pas parmi les plus pauvres. C'est un homme extrêmement actif qui possède une importante plantation de cacao. Malgré cela, il n'a pu payer que la moitié de la dot de la mère de Cécile. L'autre moitié devra être prélevée sur la dot de Cécile.

Mais il a aussi trois fils, qu'il veut envoyer faire des études. Chaque année le prix des études augmente. Un jour il voudra aussi marier ses trois fils. Mais il n'a qu'une fille pour ses trois fils.

Il n'est donc ni avare, ni paresseux mais très prévoyant. Les oncles maternels de Cécile surveillent l'affaire de près. Nous avons parlé tranquillement. Il pense qu'une femme est plus soumise à son mari quand il a beaucoup payé pour l'épouser. Autrement, elle le quitte facilement dès qu'il y a un désaccord et dit :

« Je ne t'appartiens pas, car tu n'as rien donné pour moi. » Le mari aussi est plus fidèle, quand sa femme a coûté quelque chose.

Autrefois on payait la dot en bétail. Celui-ci devait être restitué en cas de rupture conjugale. Il était donc un ciment du mariage.

Ce sont les Européens — d'après le père de Cécile — qui, en introduisant l'argent, ont détruit ce sens. C'est là un reproche indirect qu'il m'adresse, de m'être européanisé. Il ne le dit pas clairement, mais je sais ce qu'il pense.

Pour lui, la dot est une coutume africaine honorable, par laquelle le gendre manifeste sa reconnaissance au père de la fiancée et se montre capable de nourrir une femme. Il faut ajouter un autre facteur qui explique l'importance de la somme demandée. Je pense qu'il a l'intention de prendre une troisième femme. Il ne l'a pas expressément dit, mais j'en ai l'impression.

Les naissances successives des trois fils ont considérablement affaibli la mère de Cécile.

Par la polygamie, on peut évidemment éviter les naissances trop rapprochées. Mais si l'Eglise dit que la polygamie est un péché, elle ne dit cependant pas comment une femme peut éviter d'avoir un enfant chaque année.

Souvent nous nous demandons comment les missionnaires résolvent ce problème. Mais sur ce point ils gardent un silence obstiné.

Vous voyez : voilà l'autre aspect de la question. Que pouvais-je dire ? Je ne sais pas moi-même comment je pourrai donner un enseignement supérieur à mes fils, si je dois laisser mes filles se marier sans que je touche de dot.

Ce qu'est l'amour, le père de Cécile ne le comprend évidemment pas. Comment puis-je le lui expliquer ?

Vous êtes certainement déçu de moi car, en tant qu'Africain, vous pensiez que je pourrais obtenir davantage. Dans un sens, c'est vrai. Certainement il m'a parlé plus librement qu'il ne l'aurait fait avec vous. Mais il y a aussi des inconvénients.

Le père de Cécile et moi, nous sommes du même clan. Nous sommes parents très éloignés. C'est embarrassant. Je suis trop proche. Dans un tel cas, vous pourriez peut- être réussir mieux en tant qu'Européen. Vous êtes neutre. Vous venez de l'extérieur. On peut toujours essayer…

J'ai été content de François. Il s'est montré modeste et ne s'est pas mis en avant. Mais il devra certainement attendre d'avoir pu économiser de l'argent. Je ne vois pas d'autre solution.

B…, le 26 octobre
Walter T. à Cécile

…François vous racontera certainement le déroulement de la visite chez votre père. Le pasteur Amos m'en a envoyé un compte-rendu détaillé.

Cécile, je vous demande de ne pas perdre courage. Dieu est avec nous aussi dans les heures sombres. La vraie foi commence seulement lorsqu'on ne voit plus rien. Quand tout nous abandonne, tout espoir humain, toute perspective d'issue, alors il ne nous reste qu'une seule chose : nous laisser tomber dans les bras de Dieu. Jamais Dieu ne nous est aussi proche que dans ces moments-là.

« Ne crains point, crois seulement ! » nous ordonne la Bible. Lorsqu'il ne nous reste plus que Dieu, alors seulement nous sommes entièrement avec Dieu.

« Crois seulement ! » — ceci doit être appris. Vous et François — il vous faut maintenant l'apprendre ensemble. Rien ne peut mieux vous préparer à votre mariage futur. C'est pourquoi Dieu vous envoie maintenant ces ténèbres ; prenez appui sur tout ce que vous pouvez trouver, pour apprendre et vous exercer ensemble à ne mettre votre confiance qu'en Dieu seul.

Comment pouvez-vous l'apprendre ? D'abord laissez parler Dieu et écoutez sa voix. Lorsque vous êtes ensemble, ouvrez votre Bible et lisez un passage. Parlez-en pour savoir ce qu'il vous dit. Laissez-vous consoler, conseiller et conduire par Dieu.

Puis joignez vos mains et présentez-lui vos soucis. Lui seul connaît la route. Il vous prendra lui-même par la main pour vous guider. Il vous a réunis. Il ne laissera pas les hommes vous séparer. Croyez-le fermement.

N'ayez aucune gêne entre vous. Prier ensemble demande un grand effort sur soi-même. C'est l'occasion maintenant de l'apprendre. Il faut voir maintenant si vous pouvez parler de tout, même de votre foi. La foi commune est le fondement du mariage. Si vous construisez votre maison sur un tel rocher, aucune tempête ne pourra la balayer.

Hier, j'ai longtemps parlé avec Ingrid pour savoir ce que l'on peut faire dans votre situation.

Tout d'abord nous vous proposons d'écrire une lettre de remerciement au pasteur Amos. C'est un bon berger. C'est touchant de voir qu'un homme de son âge ait entrepris un voyage aussi long et difficile. Nous avons beaucoup d'estime pour lui. Et nous voulons vous demander quelque chose à vous, Cécile. C'est pourquoi je vous écris, bien que cette lettre soit aussi pour François.

Votre lettre du 19 juillet à François nous a montré que Dieu vous a fait le don d'écrire de bonnes lettres, et nous nous demandons : pourriez-vous écrire à votre père ? Nous savons que ce n'est pas l'habitude des jeunes filles africaines mais, peut-être qu'une telle lettre fera de l'effet précisément pour cette raison.

Dans ce que nous écrit le pasteur Amos, deux choses nous permettent d'avoir de l'espoir. Il dit : « Personnellement, il (votre père) n'a rien contre François. » Et puis : « Ce qu'est l'amour, il ne le comprend évidemment pas. »

Vous devez essayer de l'expliquer à votre père ou du moins de lui en donner une idée. Nous reprochons souvent aux pères de ne pas s'entretenir avec leurs filles. Peut-être est-ce réciproque, et que les filles ne disent pas à leurs pères ce qu'elles ressentent, souffrent et espèrent.

Ecrivez cette lettre dans votre langue maternelle. Dites-lui que vous l'aimez, le comprenez et que vous ne voulez pas manquer à vos devoirs envers lui ni l'abandonner.

Faites quelques propositions pratiques. Ayez de l'imagination. François devra être d'accord avec ces propositions, naturellement. Vous pourrez ainsi vous éprouver l'un l'autre et voir si vous êtes capables de faire un budget ensemble.

Ce n'est pas tout de vous assurer durant les fiançailles de votre compréhension et de votre tendresse réciproques, et même d'apprendre à espérer et à prier ensemble. Il vous faut aussi savoir si vous pouvez vous entendre dans les questions d'argent, de sorte que vous décidiez ensemble de vos dépenses. Une femme doit savoir combien gagne son mari, et vous devez être d'accord sur la manière de dépenser votre argent.

Il est plus important de s'entendre à ce propos que d'avoir beaucoup d'argent.

Encore une chose entre nous, Cécile : au début de l'année, avant que François ne vous connaisse, je lui ai écrit une fois : tu es responsable devant Dieu de la jeune fille que tu aimeras.

Maintenant je vous écris de même : vous, jeune fille, vous devez décider jusqu'où vous laisserez aller François. Aucun jeune homme ne peut aller au-delà de ce que permet une jeune fille. Il ne s'agit pas ici d'avoir de la fausse pitié. Soyez une reine. Vous aimez un jeune homme. Faites-en un homme !

Y…, le 1er novembre

Cécile à Walter et Ingrid T.

Merci beaucoup pour votre lettre. Je l'ai lue à François et nous avons été très touchés de constater que vous vous mettez à notre place pour sentir les choses comme nous, et pour essayer de nous consoler.

Sans vous, nous ne saurions pas que Dieu s'occupe ainsi de nous et qu'on peut unir la foi et le mariage. Sans foi, nous ne pourrions que tout abandonner maintenant. Mais c'est justement parce que nous ne savons pas comment cela continuera que nous nous sentons d'autant plus fortement unis l'un à l'autre.

Pour la première fois, nous avons essayé de lire la Bible ensemble. D'abord cela nous a semblé bizarre. Puis ce fut bienfaisant. Cela nous aide lorsque nous ne voulons pas être simplement amoureux, mais encore faire quelque chose en commun. Mais nous n'arrivons pas encore à prier. J'ai honte de prier à haute voix devant François.

J'ai aussi essayé d'écrire à mon père mais ça ne va pas. Je ne peux pas vous dire combien il m'en coûte. Certainement qu'il n'est pas possible à un Européen de me comprendre vraiment à cet égard. C'est comme si un mur me séparait de mon père.

Nos pères acceptent mal que leurs filles leur disent quelque chose. Ils craignent de perdre leur autorité. Ils pensent que nous ne les respectons pas et ils sont vexés.

Je sais que votre proposition part d'une bonne intention. J'ai commencé une lettre et j'essaierai de la continuer. Chaque ligne est une lutte. Je peux difficilement trouver les mots pour exprimer ce que je ressens.

Mais même si je l'écris, cette lettre, je sais d'avance que je n'aurai pas le courage de l'expédier à mon père.

Y..., le 7 novembre

François à Walter T.

J'étais content de trouver votre lettre en rentrant de ce voyage inutile chez le père de Cécile.

Je pensais à tous ceux qui n'ont personne à qui écrire, personne qui puisse leur répondre…

…L'histoire du tigre n'est pas mal. Elle montre que ceux qui enferment le tigre, aussi bien que ceux qui le laissent courir, font fausse route. Les enfants du monde sont aussi lâches que les petits saints. Nous ne devons pas fuir la lutte. Si nous tombons, la faute n'en est pas au tigre. Il dépend de moi que le tigre soit aussi un ennemi. Tout cela, je l'ai bien compris. Mais une question reste ouverte. Que signifie « Mettre sa main entre les dents du tigre » ? Est-ce dire que je peux aller jusqu'au bout, si je suis maître de moi et si je ne « brûle pas les étapes » — comme vous dites? Pouvons-nous unir nos corps ?

Une fois déjà, je vous ai posé cette question. A cette époque, il s'agissait de filles qui m'étaient indifférentes, que je ne voulais pas épouser et que je connaissais à peine. Vous souvenez-vous ?

A cette époque je disais que je voulais me préparer au mariage. Vous m'avez répondu : Au contraire ! Tu apprends des choses qui gêneront ta vie conjugale plus tard.

Je disais qu'il me fallait une fille de temps en temps pour ne pas tomber malade. Vous m'avez dit : Au contraire, tu risques ta santé.

Je disais que je voulais montrer que j'étais un homme.

Et vous : Au contraire, tu n'es qu'un chiffon.

Vous m'avez convaincu naguère. Mais il y a un argument que vous n'avez pas pris en considération : l'amour. Si l'on s'unit par amour ? Tant qu'il s'agit d'une fille des rues, je suis d'accord avec vous. Mais avec une fiancée ? Avec la jeune fille qu'on aime, avec laquelle on se sent un, à qui l'on s'est promis pour la vie entière ? Pourquoi s'arrêter aux seules caresses, alors qu'on pourrait se dire, au plus profond de nous-mêmes, que l'on s'appartient l'un à l'autre ?

J'ai entendu une fois un pasteur dire : « Le mariage est un jardin où tout est permis. En dehors du jardin, tout est défendu. » Oui, et je devrais être un parfait époux le jour des noces ? Comment serait-ce possible ?

Comprenez-moi bien. Je ne demande pas le droit de passer mes nuits avec n'importe quelle fille des rues. Je parle uniquement de Cécile, que je veux épouser.

Nous faut-il vraiment un certificat de l'état civil ou de l'Eglise pour nous permettre des relations sexuelles ?

Intérieurement, nous nous sentons maintenant déjà exactement mari et femme, comme après la cérémonie des noces.
Parfois, j'ai l'impression que Cécile attend secrètement de
m'appartenir entièrement. J'ai un ami qui avait déjà payé la moitié de la dot. Mais il ne voulait pas coucher avec la jeune fille
avant les noces. Un jour la famille de la jeune fille lui rendit la
dot craignant qu'il soit impuissant. Cécile ne risque-t-elle pas
d'avoir un pareil soupçon si je ne la prends pas ? Ne pourrait-
elle pas penser que je ne l'aime pas ?

Dernièrement, elle était étendue dans l'herbe. Couchée là,
elle regardait le ciel, tout ingénue. Sa robe se tendait autour de
ses seins et découvrait ses genoux. Alors, n'en pouvant plus, je
la serrais contre moi de toute la force de mes bras. Mais elle se
libéra et courut à l'endroit où étaient nos bicyclettes. Nous
n'avons pas dit un mot sur le chemin du retour et le lendemain
non plus, nous n'avons fait aucune allusion à cette affaire.

Combien de temps cela doit-il encore durer ? Combien de
temps pourrons-nous encore tenir ? Oui, s'il y avait une issue !
Mais pour nous il n'y a pas d'espoir que quelqu'un nous délivre
une autorisation, pas même dans les cinq ou dix ans à venir.

Devons-nous fuir ? Où ?

B..., le 11 novembre

Walter T. à François

« Le chrétien est un homme qui sait attendre ». Cette phrase,
un pasteur me l'a dite une fois, et je vous la transmets. Attendez
avant de vous unir complètement. Si vous n'attendez pas, vous
ne gagnez rien, mais vous perdrez beaucoup : la liberté, la joie
et la beauté.

Vous perdrez la liberté :

Laisse-moi te raconter l'histoire d'un autre couple que je connais. Ils croyaient aussi s'aimer beaucoup et se sentaient « intérieurement comme mari et femme ». Mais après une année ils comprirent qu'ils avaient fait une erreur. Ils se dirent ouvertement ce qu'ils ressentaient et se séparèrent bons amis. Tout se passa tranquillement et sans la moindre blessure, s'ils s'étaient connus entièrement, une telle chose n'aurait pas été possible. Certainement que tes sentiments à l'égard de Cécile sont sans comparaison avec ceux que tu éprouvais pour cette autre jeune fille au début de l'année. C'est justement pour cela que je te déconseille de vous unir complètement. Plus vos sentiments réciproques seront profonds, plus la blessure serait douloureuse en cas de séparation.

J'ai entendu des hommes qui, après des années de vie conjugale, disaient : « Je savais déjà avant de me marier que je faisais une bêtise. Mais nous étions allés tellement loin que je n'avais plus le courage de faire marche arrière. Je paye maintenant le prix de mon erreur ».

Je suis très content que vous viviez l'aventure de l'amour d'une manière aussi débordante et authentique, comme je m'en aperçois d'après vos lettres. Malgré tout, les sentiments peuvent tromper. Il faut longtemps avant de savoir si l'on ressent quelque chose de durable. Une statistique américaine révèle que dans la plupart des mariages heureux, les conjoints s'étaient connus plusieurs années et qu'ils avaient été fiancés quelques mois avant de se marier.

Un examen n'est probant que s'il est possible de le rater. Ce temps des fiançailles est un test valable seulement s'il contient la possibilité d'une désunion. Une rupture de fiançailles est un mal. Elle est pénible. Personne ne la souhaite. Mais en comparaison d'un divorce, elle est de beaucoup un moindre mal.

Permets-moi d'employer encore une fois l'image de la naissance pour éclaircir ce que je veux dire. Si je compare le mariage avec un enfant qui va venir au monde, alors les fiançailles sont la période de la grossesse. Une rupture de fiançailles serait selon cette image — une fausse couche, un signe que l'enfant n'était pas capable de vivre. Au moment où vous avez un contact sexuel, une fausse couche devient presque impossible. Il n'y a plus moyen de revenir en arrière. Une séparation serait comme un infanticide.

Vous perdez donc votre liberté. Mais bien plus : vous gâchez la joie qui se trouve dans la croissance, le mûrissement et l'attente.

Une femme mariée parlait une fois ainsi de sa vie avant le mariage : « Pendant un certain temps cela n'allait pas trop mal. Puis vint une grossesse inattendue. Il fallut vite changer les plans et trouver des excuses pour précipiter la noce. Notre mariage commença mal, il avait perdu sa dignité, et même son charme. Ça n'en valait pas la peine. »

Ces naissances prématurées sont dangereuses. Elles mettent en danger la vie de l'enfant. Il est vrai que certains survivent. Il y a des couples qui se sont donnés l'un à l'autre avant le mariage et qui ont eu une vie conjugale heureuse, mais non sans difficultés.

Lorsque Cécile s'est sauvée après ta brusque étreinte, elle a réagi sans réfléchir, mais son instinct sûr et sain l'a protégée. Elle a senti que le temps n'était pas encore mûr, que votre bonheur serait en danger par ce faux pas. En effet, votre entente en a aussi été troublée puisque vous ne vous êtes plus adressé la parole ce jour-là.

Je crois justement que Cécile ne doutera pas de ton amour si tu te retiens, et même son amour grandira plutôt. Votre vie en commun est encore cachée. Cet état caché demande que vous ne vous soyez pas complètement révélés et dévoilés l'un à l'autre. Le jour du mariage, il doit encore y avoir des choses à découvrir.

Si vous ne patientez pas, et voulez avoir un avant-goût de la joie des époux, c'est la joie authentique, la beauté de l'aventure que vous abîmerez.

Il est certain que le côté sexuel du mariage est très important. Tu sais aussi bien que Cécile que tu n'es pas impuissant ; si vous aviez des doutes à ce sujet, un médecin pourrait vous rassurer. Pour donner la preuve d'une chose dont vous ne doutez pas, tu n'as pas le droit de blesser les sentiments de Cécile et de mettre votre bonheur en jeu.

L'entente sexuelle ne peut pas se vérifier vraiment avant le mariage. Il faut deux conditions à cette entente et on ne les trouve que dans le mariage : un temps qui n'est pas limité et une totale absence de crainte.

Si Cécile devait penser : « Aujourd'hui entre 17 et 18 heures, je rencontre François. Alors cela aura lieu. Il faut que ce soit une réussite, ou il me quittera » — je peux te dire à l'avance avec certitude que cette pensée la troublera et la paralysera à tel point que ce sera une déception pour tous les deux. Craignant l'échec et dans l'angoisse d'être surpris, il vous est impossible de vous rendre compte de quoi que ce soit.

Au cas où une expérience serait négative et où ça ne marcherait pas comme vous le pensiez, en tireriez-vous la conclusion qu'il faut vous séparer ? Tu n'y crois pas toi-même. Votre amour n'est quand même pas aussi superficiel. Il est déjà bien trop profond maintenant. Alors pourquoi expérimenter ?

Personne ne réclame de vous d'être de parfaits époux le jour des noces. D'ailleurs les époux parfaits n'existent pas. Il y a seulement une croissance commune. Souvent il faut des années avant que mari et femme s'habituent l'un à l'autre. Le temps qu'il vous faut pour croître ensemble, vous ne le trouverez que dans le mariage. Avant le mariage, il n'y a qu'une chose à faire : prendre garde à ne pas apprendre ni expérimenter des choses qui vous nuiront plus tard dans votre croissance.

On ne peut pas en même temps avoir le beurre et l'argent du beurre. Le charme et la beauté des fiançailles résident dans le fait qu'il reste un dernier secret, qu'il y a encore une pièce où l'on aura accès quand l'heure sera venue. Par exemple, ton père veut te faire la surprise d'une bicyclette à Noël et l'a soigneusement cachée en attendant. Mais toi, tu la prends en cachette pour l'essayer. A Noël, tu feras semblant d'être surpris et ému, mais la fête sera gâtée et vide.

Votre mariage et votre première nuit seront plus beaux si vous avez attendu. Durant cette première nuit, tu te souviendras de ce que je t'ai dit et tu comprendras. Le mariage n'est pas seulement une formalité. Quand vous aurez ouvertement témoigné devant Dieu : « Nous nous appartenons l'un à l'autre », alors l'expérience révèlera sa profondeur et son sens, lorsque vous vous découvrirez et vous connaîtrez totalement.

En Europe, nous racontons un conte de fées à nos enfants : par les sortilèges d'une méchante fée, une fille de roi fut plongée dans un profond sommeil dont elle ne fut réveillée que cent ans plus tard par le baiser d'un prince. Pour protéger son sommeil, des haies d'épines s'étaient élevées tout autour du château. Tous les princes qui avaient voulu y entrer avant que les cent années fussent écoulées se prirent dans les épines et y laissèrent leur vie. Mais devant le prince qui avait su attendre, les obstacles s'écartèrent d'eux-mêmes pour lui livrer passage.

Je ne peux que te remettre entre les mains de ton Père céleste. Il t'offrira un beau cadeau. C'est pourquoi, je te le répète : « Le chrétien est un homme qui sait attendre ». Durant les semaines qui viennent, tu ne pourras pas m'écrire. Je dois faire un voyage dans le Nord où le courrier ne me suivra pas. Mais j'espère être de retour avant Noël.

Y…, le 12 novembre

Cécile à Ingrid T.

J'étais tellement surprise lorsque hier, après le culte, François m'a présentée à vous que je n'ai rien pu dire. J'ai beaucoup regretté qu'il vous ait fallu repartir aussi vite et que votre mari ne vous ait pas accompagnée. J'aurais bien aimé le connaître aussi.

Je voulais déjà vous écrire avant. Mais maintenant que nous nous connaissons, ce sera plus facile. C'est drôle, je ne peux pas écrire à mon père. J'ai toute une pile de feuillets couverts d'idées. J'ai toujours recommencé à écrire mais sans pouvoir continuer, et il y a peu de chances qu'il en sorte une lettre.

Mais avec vous, j'ai l'impression que vous me comprenez. Vous pensez certainement que je suis très heureuse et c'est vrai, je le suis. Mais J'ai souvent de la peine. Je doute et j'ai peur.

J'ai des doutes au sujet de l'amour de François, il ne dit jamais qu'il m'aime. Il me demande souvent si je l'aime et ne se lasse pas de l'entendre. Mais lui ne me dit jamais qu'il m'aime. Alors le doute se glisse dans mon cœur, je ne peux l'aimer qu'en réponse à son amour. Il ne juge certainement pas utile de me dire qu'il m'aime et pourquoi il m'aime. Comment puis-je lui répondre ? M'aime-t-il vraiment ? Comment peut-on mettre l'amour d'un homme à l'épreuve ?

Votre mari a raconté l'histoire de la princesse dans une lettre à François. Je me demande ce que fit le prince après l'avoir réveillée. Ne s'est-il pas montré très délicat et très tendre pour ne pas l'effrayer ? Ne lui dit-il pas pourquoi et combien il l'aimait ?

Dernièrement nous nous sommes querellés. C'était pour une bagatelle. Le pneu de ma roue avant ne tenait pas l'air lors de notre promenade quotidienne. J'avais de la colle et des rustines et François répara la chambre à air. Nous étions en retard sur l'horaire à cause du temps que nous avions perdu. Lorsqu'il eut terminé, je me rendis compte que j'avais oublié la pompe.

(Je ne la prends jamais pour ne pas me la faire voler.) François me fit des reproches, disant qu'on pouvait constater une fois de plus que les filles sont écervelées. J'étais vexée qu'il fût si bourru et dans mon dépit je ne lui ai plus adressé la parole pendant que nous poussions nos bicyclettes sur le chemin du retour.

Ce n'était pas grave. Le lendemain nous nous sommes réconciliés. Mais je me demande quand même ce que ce sera plus tard, si nous nous chamaillons déjà maintenant.

Et j'ai peur. Je voudrais être sûre de pouvoir porter un enfant. Je crains qu'il ne divorce si je suis stérile, ou qu'il prenne une seconde femme, comme mon père. Un mariage n'est-il pas raté s'il n'y a pas d'enfant ?

Enfin il y a un autre problème. Dernièrement j'ai reçu la lettre ci-jointe de M. Henri. C'est le frère de l'oncle de ma camarade Berthe qui a procuré la place d'instituteur à François. Ce M. Henri travaille au Ministère des Finances et semble avoir une belle situation. Il voulait même venir me chercher en voiture.

J'ai refusé l'invitation. Mais s'il m'invite à nouveau, que dois-je faire ? Je ne peux pas être impolie.

Répondez-moi, s'il vous plaît.

Y..., le 9 novembre
Ministère des Finances

Monsieur Henri à Cécile

Votre camarade Berthe m'a parlé de vous. J'aimerais faire votre connaissance, c'est pourquoi je me permettrai de venir vous attendre à 17 h. à la sortie de l'école. Je serai dans ma voiture.

B…, le 18 novembre

Ingrid T. à Cécile

Comme je te comprends, ma chère sœur. Je pourrais te montrer des lettres de l'époque de mes fiançailles qui expriment les mêmes craintes et les mêmes doutes.

Mais rends-toi compte, Cécile, nous ne rendons pas la tâche facile aux hommes. D'un côté nous voulons qu'un homme soit fort et réfléchi, et non pas sentimental — et de l'autre, qu'il soit sensible, tendre et qu'il ait besoin de nous. Quel homme peut réunir en lui ces qualités opposées ?

Je vais écrire directement à François, mais ne lui demande pas de te montrer ma lettre s'il ne le fait pas de lui-même. Pour toi, il n'y a qu'une attitude : tu dois lui dire franchement et ouvertement ce qui te manque. Aussi longtemps que tu peux agir ainsi, votre mariage n'est pas en danger.

A tout prendre, on ne peut pas éprouver l'amour avant le mariage. Le mariage ne naît pas seulement de l'amour. L'inverse est vrai aussi. L'amour naît du mariage et ceci se fait très lentement. L'Ancien Testament raconte l'histoire d'Isaac et de Rebecca et il est dit : « Isaac conduisit Rebecca dans la tente, il prit Rebecca, qui devint sa femme, et il l'aima. » (Gen. 24 : 67.) Ils s'épousèrent sans s'être vus auparavant. L'amour vint ensuite.

La plupart des foyers que tu vois autour de toi se sont fondés en dehors de toute aventure amoureuse. En général l'avis des jeunes filles n'est même pas demandé. Tu sais toi-même qu'elles ne sont pas toutes malheureuses. Souvent l'amour naît après les noces, comme un fruit du mariage.

Un Hindou a dit une fois à un Européen : « Vous épousez la fille que vous aimez. Nous, nous aimons la femme que nous avons épousée. » Un autre Hindou utilisa une image plus frappante encore : « Nous mettons une soupe froide sur le feu, et elle se réchauffe petit à petit. Vous mettez une soupe chaude dans un plat froid et elle se refroidit petit à petit. »

Vois toi-même à laquelle de ces catégories se rattachent les Africains.

Je t'écris tout cela pour que tu ne surestimes pas l'expérience amoureuse. Elle a son importance certes, mais l'amour atteint sa stature parfaite dans le mariage.

Ce n'est pas seulement bon mais encore nécessaire que vous vous chamailliez. Mon mari hésite toujours à marier un couple qui ne s'est encore jamais querellé. Ce qui est important ce ne sont pas vos disputes, mais la possibilité d'une réconciliation. Ceci est un art qu'il faut apprendre avant le mariage. Tant que vous pouvez vous pardonner l'un à l'autre, tu n'as rien à craindre pour votre mariage.

Seul celui qui ne sait trouver le premier mot, ne devrait pas se marier. D'ailleurs, celui qui n'a pas d'humour ne devrait pas non plus se marier. Après une dispute, c'est salutaire de pouvoir rire de bon cœur de soi-même.

Lorsque tu t'es arrachée à l'étreinte de François, la haie d'épines qui protège la belle au bois dormant a réagi en toi. Beaucoup de jeunes filles qui se donnent trop tôt n'atteignent pas la vraie maturité. C'est pourquoi il est dit trois fois dans le « Cantique des cantiques » : « Ne réveillez pas, ne réveillez pas l'amour avant qu'il le veuille. » Cette mise en garde devrait être inscrite en lettres de feu au-dessus du portail du mariage.

Peut-être que l'attente sera plus facile si vous ne vous voyez pas journellement. Chaque rencontre sera alors plus chargée de sens. Ici il n'y a pas de règles. Il vous faut trouver une solution ensemble.

Comme je comprends ton désir de connaître le bonheur de la maternité ! Il te faut savoir que la stérilité vient la plupart du temps à la suite d'une maladie vénérienne. C'est pourquoi, les filles vierges ont toutes les chances de devenir mères. Mais la certitude te sera donnée seulement par Dieu dans le mariage. Il n'y a pas d'autre chemin que de porter l'incertitude jusqu'au moment du mariage en ayant confiance en Dieu.

Ne crois pas qu'une grossesse prématurée soit comparable au bonheur profond de la maternité dans le mariage. Un problème est certes résolu : tu sais que tu peux avoir un enfant. Mais il n'y a pas de foyer pour accueillir l'enfant, pas de père qui le prenne dans ses bras. Il y a même des disputes pour savoir à qui l'enfant appartient, tant que le père n'a pas payé la dot. Il te faudrait quitter l'école, blâmée par tes maîtres et en lutte aux sarcasmes de tes camarades. Tu échangerais la certitude que tu as gagnée contre la honte, le sentiment de culpabilité, les reproches et la perte du respect de soi. Ça n'en vaut pas la peine. Le bilan est trop négatif.

Ou crois-tu peut-être en secret qu'une grossesse pourrait arracher à ton père l'autorisation de votre union ? Je t'en prie, je vous en prie : ne faites pas ça. N'abaissez pas votre enfant à servir de moyen de pression pour atteindre votre but. Dieu a une autre solution si vous savez attendre. Présente tes soucis de maternité à Dieu ! La stérilité n'est pas une cause valable de divorce. Si votre mariage est enregistré comme monogamique à l'état civil, il sera illégal pour ton mari de prendre une seconde femme.

Un mariage chrétien n'est pas vain, même si Dieu ne vous accorde pas d'enfant. La Bible ne parle que peu du mariage. Il est d'autant plus significatif qu'elle cite quatre fois le même verset : « C'est pourquoi l'homme quittera son père et sa mère et s'attachera à sa femme, et ils deviendront une seule chair. »

(Gen. 2 : 24 ; Matth. 19 : 5 ; Marc 10 : 7 ; Eph. 5 : 31.) Il est à remarquer que ce verset clé, répété quatre fois, ne parle pas des enfants. Les enfants sont, d'après la Bible, une bénédiction supplémentaire de Dieu. Mais ils ne sont pas le seul but du mariage. L'amour des conjoints, l'union de l'homme et de la femme devant Dieu, sont une raison et un accomplissement en eux-mêmes.

Avec ce Monsieur Henri, c'est sérieux, sois prudente. La lettre ne me dit rien qui vaille. Dis tout à François pour que le doute ne se glisse pas entre vous. N'accepte d'invitation en aucun cas et sous aucune condition.

B..., le 19 novembre

Ingrid T. à François

Comme mon mari est en voyage et ne peut t'écrire, je le fais aujourd'hui à sa place. C'est comme une sœur que je voudrais te parler.

Dieu a mis dans tes mains un grand trésor : l'amour de Cécile. Je voudrais t'aider à bien conserver ce trésor.

L'amour ne peut pas être possédé comme un objet que l'on met dans sa poche. L'amour doit être gagné toujours à nouveau. — Avant notre mariage, mon fiancé m'écrivit une fois les lignes suivantes :

« Qui aime n'est plus seul. La personne aimée est toujours présente. Celui qui aime ne veut plus être le centre d'intérêt de sa propre vie. Il accepte que ce soit quelqu'un d'autre qui occupe cette place. Il s'en trouve enrichi et plus heureux. Il se donne et se libère. Il est comme une main qui s'ouvre pour recevoir. Celui qui aime a le courage de devenir un homme qui a besoin d'autrui. »

Cécile a besoin avant tout de la certitude que tu as besoin d'elle. Comment peux-tu la lui donner ? Dis-lui sans te lasser que tu l'aimes et as besoin d'elle. Elle ne peut se passer de te l'entendre répéter. Tu dois avoir le courage de devenir quelqu'un qui a besoin d'autrui.

Une jeune fille est inquiète lorsqu'un jeune homme considère son amour comme évident, sans se donner la peine de lui dire qu'il l'aime.

L'amour d'une femme est de nature différente de l'amour maternel ou fraternel. L'amour de Cécile, pour s'exprimer pleinement, doit être une réponse à ton amour. Paul écrit à la communauté d'Ephèse : « Maris, aimez vos femmes comme Christ a aimé l'Eglise. » Nous aimons Christ parce qu'il nous a aimés le premier. Notre amour est la réponse à son amour débordant. Il est curieux que Paul n'exhorte jamais les femmes à aimer leurs maris…

Je ne pense pas seulement à l'amour physique. En la prenant dans tes bras, en l'embrassant et en la caressant tu ne peux pas convaincre Cécile de ton amour. Ces caresses restent vides et même lui répugnent si elles ne sont pas l'expression de ta tendresse pour elle. Elle veut sentir que ton cœur cherche son cœur, que c'est elle que tu aimes à travers la grâce de son corps.

Un jeune homme, c'est son corps. Ton corps, c'est toi. — Une jeune fille se sent habillée par son corps. Cécile ressent que son corps n'épuise pas son être. Elle veut être aimée pour elle-même et non pas pour la beauté de son corps.

C'est pourquoi tes caresses sont moins importantes pour Cécile que tout ton comportement à son égard. Si tu es aimable avec elle, si tu l'aides à monter à bicyclette, si tu lui ouvres une porte et la laisses passer la première — ces choses signifient plus pour elle qu'un baiser. Une femme mariée depuis longtemps me dit une fois en soupirant : « Si seulement mon mari me disait une seule fois « merci », lorsque je lui ai préparé un bon repas ». Une fille est blessée si tu es plus aimable avec

quelqu'un d'autre qu'avec elle. Elle pense alors que tu la considères comme un bien que tu ne peux plus perdre et pour lequel
tu n'as plus besoin de faire aucun effort.

Lorsque nous nous sommes rencontrés dernièrement, après
le culte, tu as été poli avec moi. Tu m'as bien présenté Cécile,
mais durant toute la conversation tu ne lui as pas permis de
placer un mot. Je lui ai remis un paquet de livres, destinés à se
préparer au mariage. Lorsque vous êtes partis, c'est elle qui l'a
porté...

Tu ris certainement en pensant que ce sont des détails sans
importance. Pour un cœur de jeune fille, ce sont de grandes
choses. Pour Cécile, ce sont des détails essentiels.

Ne ménage pas tes mots. Donne-lui le courage de te dire ce
qui lui manque. Ecoute-la avec amour et non seulement avec
patience. Ce qui est essentiel, ce n'est pas que tu sois heureux,
mais que tu la rendes heureuse ; non pas que tu sois compris,
mais que tu la comprennes...

Y..., le 30 novembre

Cécile à Ingrid T.

Ce qui m'a le plus consolée, c'est que vous me disiez avoir eu,
vous aussi, des doutes et des angoisses et tout simplement
peur, comme nous, comme moi. Les Blancs nous font croire
que leur vie conjugale est idéale et sans problèmes. Et dans les
journaux, nous lisons qu'il y a beaucoup de divorces en Europe
et en Amérique ; nous ne comprenons pas comment ces deux
choses vont ensemble.

Votre lettre m'a été d'autant plus réconfortante. Je sens que
je pourrais tout vous dire. Ma lettre à mon père est presque
terminée ; elle est très longue. Elle est pleine de tout ce que je

voudrais lui dire si je le pouvais. Mais je ne peux pas, et je n'arrive même pas à expédier cette lettre.

Monsieur Henri ne me laisse pas en paix. Ci-joint une nouvelle lettre que j'ai reçue de lui. Presque tous les deux jours, j'en reçois de ce genre, pleines de phrases creuses. On dirait qu'il les copie d'un roman à quatre sous.

Merci de votre bon conseil. J'ai pu refuser l'invitation par l'intermédiaire de ma camarade Berthe. Je préfère ne pas lui écrire moi-même. Je ne veux pas qu'il y ait une lettre entre moi et lui.

Y…, le 19 novembre

Monsieur Henri à Cécile.

Je regrette que vous n'ayez pas trouvé de temps pour moi, car mon amour pour vous grandit de jour en jour. Vous êtes la couronne de mon cœur. Vous êtes belle comme les lueurs de la lune.

J'ai prié mon frère d'aller voir votre père à K. Bientôt j'apporterai 50.000 frs CFA à votre père. C'est une bagatelle pour moi. Alors plus rien ne pourra empêcher l'accomplissement de notre bonheur.

La semaine prochaine, un banquet sera organisé pour le personnel gouvernemental. Je voudrais vous y inviter. Votre oncle viendra aussi.

En m'épousant, vous serez heureuse. Vous pourrez avoir des domestiques et gagner de l'argent. Vous vivrez comme une Blanche. Nous ne fréquenterons que les cercles cultivés.

Mais ce qu'il y a de plus beau, c'est l'amour, la nuit…

Y..., le 15 décembre

Cécile à Ingrid T.

Deux semaines de tourments sont derrière moi. J'attendais toujours une lettre de vous. Mais je sais que vous êtes seule avec les enfants et que vous avez beaucoup à faire avant Noël.

Monsieur Henri est tous les jours à la sortie de l'école avec sa voiture. Il nous suit lorsque nous partons à bicyclette. Il nous espionne pour savoir où nous allons et ce que nous faisons.

Dernièrement, il était chez mon oncle lorsque je suis rentrée de l'école. Puis vint l'oncle de Berthe, celui qui a procuré la place à François. Alors j'ai remarqué que tout avait été prévu. Nous sommes allés à une « cocktail- party ». Sous ce nom-là, les délégations étrangères du monde entier apportent la « civilisation » à notre société. Mon oncle, chez qui j'habite, vint aussi avec nous. Les jeunes filles africaines ne peuvent pas refuser d'obéir quand leurs pères ordonnent quelque chose.

Je n'ai pas dansé. Mais je n'ai pas pu empêcher Monsieur Henri de me ramener en voiture à la maison. Il m'a dit qu'il avait décidé de m'épouser. Il a dit cela tout simplement, comme s'il me faisait une grande faveur. Il ne m'a même pas demandé ce que j'en pensais.

Il voulait aussi tout de suite m'embrasser. Comme on mord dans une banane. Il sentait la bière et l'alcool. J'en étais écœurée.

Il a 20 ans de plus que moi et a une femme et deux enfants. Il dit qu'elle n'est pas instruite, qu'elle ne sait pas le français et qu'elle ne veut pas habiter en ville. Mais depuis qu'il a un emploi au gouvernement, il a besoin d'une femme à Y... qui présente bien et qui sache recevoir et traiter des hôtes. C'est pourquoi il m'a choisie.

Il me fit comprendre qu'il pouvait payer ma dot. J'estime qu'il gagne vingt fois plus que François. Il veut aller voir mon père avec un carton d'eau de vie et quelques caisses de bière. Il a déjà acheté une radio pour mon père et une machine à coudre pour ma mère. Il m'a demandé ce qui ferait plaisir à mes frères.

Je ne répondais rien. Je me suis sentie bien heureuse d'avoir réussi à sortir saine et sauve de la voiture. Mais j'ai pleuré toute la nuit.

L'argent ! Un capital en femmes ! Les pauvres peuvent toujours se louer une fille pour quelques nuits, une malheureuse pour laquelle personne n'a voulu ou n'a pu payer de dot.

Non, je me suis trompée : l'argent ne nous confère aucune valeur. Il nous abaisse. Il fait de nous une marchandise. Il nous réduit soit à la prostitution, soit à être la deuxième ou troisième femme d'un homme riche. Ce n'est pas une coutume honorable. Ce n'est pas un cadeau de remerciement aux parents. C'est du commerce de filles. Si mon père accepte de l'argent de Monsieur Henri, je suis perdue. Alors je me trouverai mariée avec lui. Je serai l'enseigne de M. Henri. Sens du mariage : la femme « représente » pour l'homme.

J'ai évidemment tout raconté à François. Si votre mari n'était pas en voyage, il lui aurait déjà écrit. François est si abattu et se sent si petit, que je l'aime encore davantage.

Mais comment sortir de là ?

François pense que si mon père accepte l'argent et les cadeaux, il ne nous reste plus qu'une solution : la fuite.

Qu'en pensez-vous ? J'ai besoin d'une réponse rapide.

« Qui croit, ne fuit pas… » — Oui, mais n'est-ce pas une fuite aussi que de se laisser marier de force, d'abandonner la lutte, de renoncer à l'amour… ?

21 décembre

François et Cécile à Walter et Ingrid T.

C'est la première lettre que nous écrivons ensemble. Nous vous l'adressons à tous les deux.

Nous avons fui. La réponse à la lettre du 15 décembre ne nous a plus atteints à Y. Nous pensons que vous nous déconseillez la fuite. Nous espérons cependant que vous nous comprendrez. Nous n'avions aucune autre solution. Nous savions de façon certaine que le père de Cécile avait accepté les 50.000 frs CFA de M. Henri. Vous savez ce que cela veut dire : à partir de ce moment-là, il avait un droit sur Cécile. La fuite était notre seule arme.

Nous avons pris la décision en commun et nous voulons en porter les conséquences ensemble, quelque fâcheuse qu'elle puissent être. Le fait que les vacances scolaires approchent nous a facilité les préparatifs de départ : ils ont pu se faire sans éveiller de soupçons.

Vous nous avez une fois écrit que le jour des noces est celui de la naissance du mariage. Vous écriviez : « Un accouchement prématuré est dangereux. »

Mais n'y a-t-il pas aussi des accouchements après terme ? Ne sont-ils pas plus dangereux encore ? Le médecin doit alors intervenir pour opérer une césarienne. Il coupe dans le ventre de la mère, pour libérer l'enfant et lui sauver la vie. Notre fuite est comme une césarienne.

Nous ne savons pas comment nous pourrons tenir, où nous allons vivre et de quoi. Nous ne savons qu'une chose : nous sommes maintenant mari et femme. Nous avons quitté père et mère et nous nous sommes attachés l'un à l'autre pour devenir une seule chair. Gen. 2 : 24 est accompli. Nous n'avons besoin ni d'argent, ni d'officier d'état civil, ni même du pasteur. Nous n'avons besoin ni de tradition, ni d'Etat, ni d'Eglise. Nous n'avons besoin ni de liqueur, ni de papier, ni de cantiques.

Nous n'avons besoin que de Dieu. Il ne nous abandonnera pas. Tous les autres nous ont abandonnés.

La coutume ne garantit pas le mariage. Elle le foule aux pieds. Elle permet le vol de l'épouse moyennant un chèque de la banque. La caisse de sécurité sociale soutient les filles-mères et les enfants sans père. Les couples fiancés en sortent les mains vides. L'Eglise nous conseille d'attendre, mais elle ne nous aide pas quand nous le faisons. Elle ne nous aide pas non plus, quand nous fuyons. Aucun pasteur n'oserait nous accueillir.

Même vous, vous avez laissé nos dernières lettres sans réponse. Nous ne vous faisons aucun reproche. Nous vous demandons seulement de ne pas nous en faire à nous non plus et de ne pas nous condamner. Nous voudrions continuer à être vos enfants.

Cécile est malade et alitée. La nuit de notre fuite, elle a pris froid au cours de notre longue marche. Elle envoie ses amitiés tout particulièrement à vos enfants.

Nous ne disons à personne où nous sommes, pas même à vous. C'est pourquoi vous ne pourrez pas nous écrire. Il n'y a qu'une chose que vous puissiez faire : priez pour nous.

Nous comptons sur votre intercession.

EPILOGUE

Au cours de notre vie, Dieu nous conduit à plusieurs reprises aux impasses devant lesquelles, en tant qu'hommes, nous nous trouvons à bout de force. Pour François et Cécile cette impasse était la dot. Pour un autre, cette impasse peut avoir des noms différents : classes sociales, manque de logement, barrières politiques ou confessionnelles. Quelle que soit cette impasse, l'essentiel est notre comportement en face d'elle.

J'ai été bouleversé lorsque, rentrant de voyage, j'ai trouvé cette lettre ; car elle m'a rendu conscient de ma propre négligence. Pourquoi n'ai-je pas entrepris ce voyage à un autre moment ? Pourquoi n'ai-je jamais pris la peine d'aller trouver le père de Cécile pour m'entretenir personnellement avec lui ? Ma femme elle-même se demande comment il se fait que la dernière lettre de Cécile soit restée si longtemps sans réponse. C'est comme si nous avions radiotélégraphié d'un avion, au lieu d'avoir pris les deux jeunes gens par la main pour marcher avec eux.

Beaucoup de lecteurs se demanderont pourquoi les deux se sont enfuis en brousse et pourquoi il n'y avait personne qui les aurait accueillis et protégés. Mais je crois bien que François a raison. En Afrique, personne n'ose si facilement se mettre en opposition au groupe et risquer un désaccord avec l'ensemble du clan à cause de deux individus. Evidemment, ils ne voulaient pas m'embarrasser, moi non plus. Effectivement, une telle fuite n'est pas si rare au sein de l'Afrique actuelle. Plusieurs couples choisissent forcément ce procédé, avec une conscience plus ou moins mauvaise. En aucun cas il n'apporte de solution.

Le chemin des deux était encore bien difficile. Le rhume que Cécile avait attrapé lors de la fuite se développa en pneumonie aiguë. Dans cet état grave, elle fut transportée, selon son propre désir, dans son village. François vint me chercher et je passai une semaine inoubliable à son chevet. Durant des jours nous avons craint pour sa vie.

Le père de Cécile n'est pas resté insensible. La possibilité soudaine de perdre sa fille par la mort a complètement modifié ses critères de jugement. Dans des circonstances émouvantes, il a fini par donner son consentement au mariage. Les deux jeunes gens sont aujourd'hui mariés officiellement et

ils suivent la même route, bien qu'elle reste encore difficile. Ils sont récon-
ciliés avec le pasteur Amos.

La lettre suivante, que je voudrais citer pour terminer, n'a pas peu
contribué à cette évolution. Il s'agit de la lettre de Cécile à son père, dont
j'ai déjà parlé.

Durant la maladie de Cécile, François découvrit les feuillets du brouil-
lon de la lettre souvent mentionnée, que Cécile voulait écrire à son père. Il
n'y avait que quelques idées jetées sur le papier, rarement une phrase en-
tière. Il y avait aussi de nombreuses corrections, des passages entiers barrés,
transformés, reformulés : un témoignage émouvant du travail qu'il a fallu
pour l'écrire ; la lutte d'un cœur noble pour trouver le chemin du cœur et
de la compréhension d'un père.

Je rassemblai le tout comme en une mosaïque, organisant et complétant
la lettre pour la faire parvenir au père de Cécile.

Cher Papa,

Je ne t'ai jamais écrit une lettre. Il m'est très difficile de le faire
maintenant. Il m'est encore plus difficile de te parler en ce moment. Pour cette raison, je te prie de bien vouloir lire ces lignes
comme si je te parlais.

Je souhaite que toutes les filles africaines m'accompagnent
pour s'avancer vers leurs pères et qu'elles fassent ce qu'elles
n'osaient pas faire jusqu'ici : ouvrir leurs cœurs. Je suis con-
vaincue que si elles trouvaient des paroles, elles diraient la
même chose que j'essaie de dire maintenant.

Je veux t'expliquer pourquoi j'aime François.

La photo de lui que j'aime le plus est celle sur laquelle il tend
sa main. Je peux compter sur cette main. Je m'imagine François
marchant à quelques pas de moi, s'arrêtant quelquefois et se
retournant pour me tendre la main et m'aider à franchir des

difficultés. A ce moment-là je peux m'approcher de lui et il me réconforte.

Il sait me réconforter d'une manière unique, parce que je peux lui répondre quand il me parle. Je peux saisir sa main parce que je n'ai pas peur lorsqu'il la tend vers moi. Il ne pense pas abuser de sa force. Pour cette raison elle ne m'humilie pas. Cependant quand je cherche une protection, un soutien, il me fait sentir qu'il est le plus fort. Près de lui, j'aime être faible parce qu'il ne se moque pas de ma faiblesse.

Mais, lui aussi, a besoin de moi, et il n'éprouve aucune honte à me le montrer. Quoiqu'il soit fort et viril, il peut également être sans appui comme un enfant. Sa main puissante peut devenir une main ouverte et accueillante. A ce moment-là rien, pour moi, ne surpasse le bonheur de remplir cette main.

C'est ce que je voudrais t'exprimer en disant : « J'aime François ».

Je sais que tu me considères comme une demi-Blanche quand je t'écris de telles choses. Tu me reproches de dédaigner nos coutumes africaines parce que je voudrais épouser celui que j'aime et non pas un homme qui aurait payé pour m'épouser.

Mais la dot n'est pas une coutume exclusivement africaine. Elle existait également en Europe. Même en Israël. Mais partout où les gens se sont tournés vers le Christ, cette coutume est devenue inutile et a disparu. Je ne t'écris pas comme une Africaine européanisée mais comme une chrétienne africaine.

Étant chrétienne, je crois que Dieu m'a créée. C'est à lui seul que je dois ma vie. Aucun père terrestre n'a jamais rien payé à Dieu pour sa fille. Et pour cette raison aucun père terrestre n'a le droit de réaliser un gain d'argent par sa fille.

Étant chrétienne, je crois que Jésus-Christ est mort pour moi. C'est lui qui a payé le seul prix que l'on peut payer pour moi : son sang. Tout autre prix serait le prix d'une esclave.

Étant chrétienne, je crois que le Saint-Esprit me guide et me dirige. Mais il ne peut me guider que si je peux choisir librement.

Parce que j'ai choisi François librement, je lui resterai fidèle. Penses-tu vraiment que la dot puisse empêcher une femme de quitter son mari ?

J'ai une amie dont le père reçut 400.000 francs CFA quand il l'a mariée. Elle s'est dit : « Si mon corps vaut une si grosse somme, je pourrai aussi en profiter. » Elle commença à se donner à d'autres hommes pour de l'argent. Voilà ! — Si la dot est quelque chose de raisonnable, alors la prostitution l'est aussi.

Ou bien penses-tu que François me traiterait mieux s'il avait payé pour m'avoir ? Si cela était la raison pour laquelle il me respecterait, alors je n'aimerais pas l'épouser. Car dans ce cas-là je ne serais qu'un objet pour lui. Mais je suis un être humain.

Il est faux de dire que l'argent rend une femme plus obéissante et qu'il rend un homme plus fidèle. Dans le meilleur cas, l'argent est une chaîne qui doit servir là où il n'y a pas d'amour. Mais une chaîne peut être rompue. De l'argent ou des objets, on peut les rendre. Mais l'amour qui a choisi librement est un lien indestructible.

Cher Papa, je te prie de ne pas penser que nous sommes ingrats envers toi. Nous t'aimons de tout notre cœur. Nous nous rendons bien compte des sacrifices que tu as faits pour moi, particulièrement pendant mon temps à l'école. Nous connaissons tes difficultés financières. Nous ne voulons pas t'abandonner.

Nous ne te demandons qu'une seule chose : laisse-nous commencer sans dettes. Laisse-nous créer notre foyer. C'est seulement là que nous pourrons vraiment t'aider, vraiment te donner les marques de notre gratitude.

François m'a proposé d'accueillir mes trois frères chez nous quand ils fréquenteront l'école ici à Y. N'est-ce pas une plus grande preuve d'amour pour moi que s'il te donnait maintenant de l'argent qui ne lui appartient même pas ?

Cher Papa, donne-nous une chance, laisse-nous commencer...